滅門血案的寂寞救贖

River 著

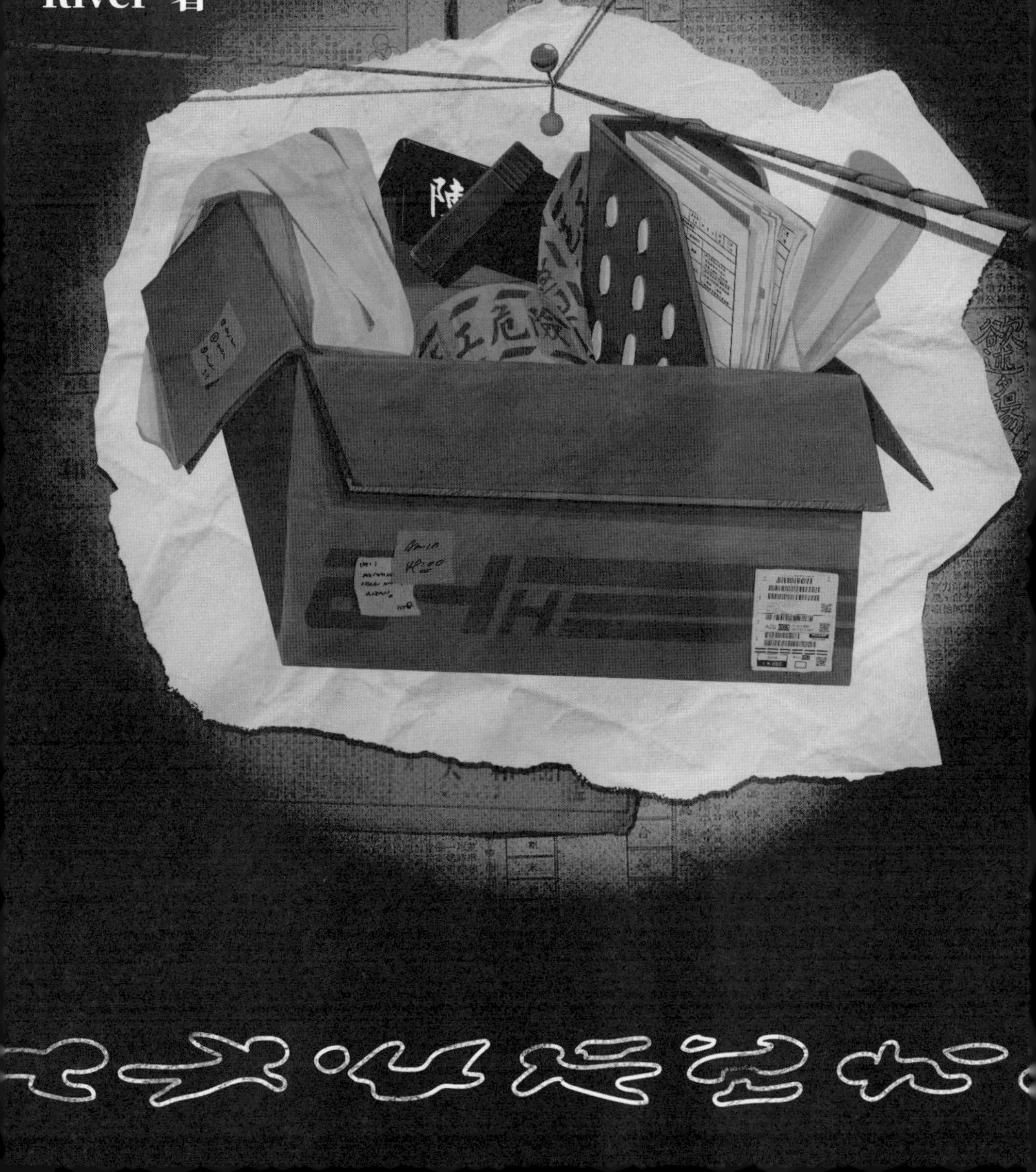

目次
CONTENTS

楔子

劉于勝動彈不得，強烈的恐懼幾乎要壓倒他。試著移動或是開口都辦不到。

正準備回家時，他的後腦遭受重擊，向前撲倒在地上。

他被五花大綁，口罩被拿掉、嘴被塞入布條。他呼吸困難，後腦杓痛得無法思考，眼睛也被蒙上，從吵雜的腳步聲，他判斷不只一人，但誰也沒見到。

恐懼爬遍心中，他不知道自己會被如何對待，拚命禱告著，但他似乎被放著不管，腳步聲往上方遠離，最後傳來可怖的碰撞聲。

某個人在咳嗽，似乎是感冒了，但這不重要。

工作室樓上是老闆夫婦和小姐的家。于勝無法不去做最壞的想像。

他試著叫出聲音，但只有微弱的呻吟聲。厚重的鐵捲門阻斷了聲音和希望，他雙眼昏花，什麼也做不到。

有人在激烈交談，但他聽不清楚說些什麼，疲憊、被綁加上頭部挨了一擊，令他喪失了時間感，呈現半睡半醒的狀態，朦朧之間，似乎聽到了幾聲槍響。

冰涼的地面、遠處的鳥鳴在深夜的某個時間點叫醒了他，于勝蠕動著身子靠到牆邊，用勉強能活動的雙腳撐起身子，沿著牆面緩慢、緩慢地走向鐵捲門開關。

伴隨小小的運作聲，鐵捲門升到頂部，冷空氣洩進室內，于勝一個不小心又摔倒在地。他發出呼救，儘管只是小聲地嗚咽，沒人注意到。路上沒有行人，只有呼嘯而過的車輛，不會有人注意到趴在地上的他。

為何沒人注意到槍聲？為什麼？對比讓他幾乎要崩潰的刺耳槍聲，四周簡直死寂得過分。

試著去想像老闆一家人的樣子，于勝已經淚流滿面，強烈的壓力和疼痛讓他重複昏睡和驚醒，每次醒過來時，于勝都拼命製造點聲響、喊叫。

終於，某人輕聲呼喚他並且解開了束縛。

「發生什麼事了？你還好嗎？」

于勝推開了救他的人，抓著扶手，搖搖晃晃地走上樓。

依然暈眩想吐，雙腳也不聽使喚，但于勝心中唯一的念頭，就是親眼去確認最照顧自己的一家人的下場。

抵達二樓時，他瞥見了深紅色的血跡，心臟已經嚇得快爆裂，于勝彷彿被吸引一般，他必須親自見證老闆一家的最後，不能由任何人來告訴他。他往昨晚曾一起用餐的飯廳緩步前進，但就算做好心理準備，還是沒有承受住衝擊。

他踩到了血卻沒有注意到。整個人釘在原地，大口呼吸，雙腳不自覺地發抖。

整間飯廳的地面堆滿雜物，雜物山一旁，遭到射殺、慘死的老闆一家，下半身和手腕被繩子牢牢地固定在椅子上，頭部卻歪成奇怪的角度，支離破碎，血液和腦內的組織放射狀地撒在桌上和地面。

鼻中所聞的血腥味是死亡的氣息，于勝在腦中重複上千次無聲地尖叫。顫抖著、匆忙轉身下樓時，于勝沒踩穩，腳一滑從樓梯上跌落。

第一章

許家滅門血案，宛如噩夢一般毫無實感。

豆泉分局偵查隊的小隊長劉惠結，從警二十年來，第一次遇上這麼嚴重的案件，她可以說是不知所措。案發當天清晨，和同仁開車抵達現場時，她簡直嚇傻了。

一樓是許家經營的室內設計行店面，二樓被樓梯分為前後，前部是客廳、後方是飯廳，沿著樓梯往上來到二樓的飯廳，驚悚畫面粗暴地砸在眼前。許老闆、許太太、女兒三人被綁在椅子上，皆遭槍擊頭部而死。女兒和太太的表情都因恐懼有些變形，許老闆則是憤怒而扭曲，從椅子擺放的位置和血液、腦內組織噴濺的角度來看，許老闆是看著妻女先行死在自己眼前的，無論犯人是誰，他或他們都殘忍、毫無人性。

抵達現場的當下，惠結有些不知所措，沒有餘裕觀察現場，許家三人實際的死亡順序，還是鑑識科的資深員警飛哥之後告訴她的，不過惠結的組員，搭檔十餘年的阿強倒是很快就注意到這件事。

阿強摀住嘴，痛苦地衝向樓梯旁的窗邊嘔吐，好險嘔吐物是落在底下防火巷的路面而非案發現場，要不然阿強肯定會被飛哥痛扁。

阿強強烈的不適反應，反倒使得惠結冷靜了下來。她邊拍阿強的背邊問，「你還好嗎？」和外表不同，阿強這位身高一八五的巨漢聰明、心思細膩，個性完全不適合當警察，遇到這種情況，自己必須要多支持他才行。

「學姊，對不起……有沒有濺到現場？」

阿強接過惠結遞過去的衛生紙，擦了擦嘴角。

「沒有，不用擔心。要是破壞到現場，飛哥一定會讓你知道。」

「太殘忍了……」阿強大受打擊，但惠結可顧不上他，她指揮年輕的員警照相紀錄後放下死者、封鎖現場、驅離好奇的路人，同時思考媒體應對——儘管這可能不是她的工作。

幾乎和她同時抵達的飛哥，用碩大的身軀在案發現場靈活穿梭，一旦有人打算碰什麼他都會大叫。

「不要碰掛鐘！」

「不要碰餐桌！」

「不要踩到血跡！」

「不要摸到、碰到或是踢到地上的東西！」

飛哥最後一個指示尤為困難，血跡只在地面上佔有一小部分，不過從飯廳到客廳，大部分的路面都被各種雜物覆蓋，可說是寸步難行。

飛哥和他的隊員一面謹慎地拍照、一面緩慢地清除地上的雜物。這些雜物一看就知道是從抽屜裡翻出來，或從桌上掃到地面，並且一部分雜物底部沾上了血。

「幾乎所有東西都是掉到地上才沾到血液，少部分是血液噴濺上去，兇手槍殺了這三人後才掀了整棟樓。」飛哥提出他的見解，「三樓的臥室也是，被翻得亂七八糟。」

惠結問：「兇手想找財物嗎？他們是強盜？幫派？依你判斷，單人犯案還是多人？」

「這幾個問題我都無法下定論，不過犯人的特徵或是人數調一下監視器就知道了。如果有畫面的話。」飛哥抓了抓稀疏的頭頂，「我比較好奇『翻找』這件事吧。要是我，想找財物什麼的話，肯定先問出藏哪裡，才不會先殺了知道東西放哪的人再找東西，像無頭蒼蠅一樣亂翻。」

老實說，要不是飛哥點出這件事，惠結也沒注意到異樣感，只能機械式地回答：「你說得對。」

「還有，抓犯人不是我的工作，是你們的。我的工作是鑑識證物，提供辦案的材料，不要找我要犯人。」

惠結微微搖頭，「你說得對。」

「真傷腦筋啊，媒體和網民不會放過我們吧，不過，這是你們要擔心的事。妳先回局裡吧，這裡交給我們，接下來有得受了。」飛哥揮了揮手，「有什麼發現會再通知妳。」

「……你說得對。」

雖然身為台灣人一輩子沒見過雪，但各種麻煩事如同雪花一般飛來。惠結和阿強一回到警局馬上被叫去辦公室，接著再被副局長推去面對記者。

副局長已經成立了專案小組，納入了和他親近的小隊長，火速地調閱附近的監視器、徹查死者的人際關係，過濾任何可疑人士，率先抵達現場卻被排除在搜查外的惠結和阿強，只好暫時充當媒體公關。

「惠結，那些傢伙就麻煩妳了，稍後會在大會議室召開記者會。」副局長遞給惠結紙本的案件簡報後，大言不慚地補充：「不要想成是被塞麻煩事，適當地回答問題，不想回答或是很難回答，就推說調查中就好。」

這不是麻煩事，不然會是什麼？雖然惠結臉上沒有太多表情，副局長也不管睡眼惺忪的局長就在一旁，用歪理解釋，「如果是我的話，會被罵臉太年輕、嘻皮笑臉之類的，可是，我就長這樣啊？如果是局長的話，大概會因為長得太老、太猥瑣，被鄉民嘲笑吧。」

「二十分鐘之後，大會議室喔，麻煩妳了。」

惠結沒有抱怨，在清晨七點準時抵達大會議室。副局長雖然拿自己自嘲，不過讓像她這樣的單身中年女性獨自面對媒體，她認為並不比局長或副局長好。

至少阿強在一旁，就算剛剛出了醜，她依舊倚重這位同仁隨機應變的能力。

閃光燈從她進門的一刻就沒有停過，她走到房間中央，握住桌上的麥克風時，腦中還是一片空白。

「各位媒體朋友們好，我是豆泉分局偵查隊小隊長劉惠結。現在來說明發生在前溪路室內設計行的命案，有任何問題還請在說明完後提問。」

看著手上簡報，機械式的交代自己所知時，惠結逐漸緊張了起來，幾家政黨色彩濃厚的媒體也到場了，年底將有選舉要舉行，這起案件和治安議題相關，親在野黨的媒體其火力必定不會弱。

「……警方接到報案後，迅速抵達現場，率先確保一名倖存者的安全並送醫，不過許家三口皆是當場死亡，來不及急救。室內凌亂，有行搶的跡象，不過目前尚未明朗，本局已經迅速成立專案調查小組。」

對了，專案調查小組會是誰主導？剛才副局長沒有明確說明。誰也知道副局長和局長正彼此鬥權，這起巨大的案件絕對不可能讓另外一方的人馬搶到功勞。

不屬於任何一派的惠結等人大概會被派去處理各種雜事吧，就像是現在這樣。

「現在開放提問。」

至少有超過一半的記者都舉起手，惠結一時之間不知道該選誰，在這個時候阿強附在耳邊給了意見，「請記者的問題盡量針對局裡發的新聞稿，也不要問現場細節，全都推給偵查中就好。」

惠結很感激他的協助，馬上回應記者們，「麻煩提問請基於分局網站發布的新聞稿或是我的說明，現場的細節也恕不一一回應，一切都還在偵查中。」

果然不少人放下手，這些人可能沒有看過新聞稿。但是就連惠結也沒有餘裕看過就是了，不怪他們。

惠結首先點名一位親在野黨媒體的男記者，而他站起身，毫不意外地尖銳提問：「我想請問這是一起強盜殺人案件嗎？是否可以說是台中市政府的治安維持有所缺失？」

果不其然來找碴了，如果治安成了破口，想必有助在野黨的選情。不過還好「力道」並不強，惠結四兩撥千金的回答：「正如我先前所說，現在依然是初期調查的階段，等到有進一步的成果時，會再向社會大眾匯報。」

「妳不覺得這樣的說明過於簡略嗎？請問這會是連續案件嗎？還是私人恩怨？警方能否保證不會再發生類似的事件？」

他窮追不捨，但依然在可以應對的範圍。

惠結繼續在心中嘆了口氣說道：「這如我方才所說，一切都還在調查中，這些可能都不能排除，要是擅自下定論不只會誤導大眾，搜查也可能遇到瓶頸。這位先生，可以的話請把提問的機會分給同業。」

那名記者不悅地坐下，惠結點名另一位女記者，她的提問同樣尖銳，但還在可招架的範圍，「據說三名死者都是遭到槍擊，可以詳細描述是什麼情況嗎？」

「正如先前所說，我們不方便透露現場情形。」

「不好意思，不過據目擊民眾指出，三人似乎都是被綁在椅子上的，可說是行刑式的槍殺方式，請問是真的嗎？」

這個提問打得惠結不知所措，可以預測到會有各種流言，不過從精準度來看，恐怕真的是來自目擊民眾，或許是那名報案者。據她所知，首名發現者是有進到犯罪現場的，說不定拍下照片……記者的問法，就像是在徵求這些細節是否可以報導一樣。

惠結認為，要是真的有照片提供給媒體，使得記者先一步，繪聲繪影地詮釋起犯罪現場，對局裡來說可能不是好事，或許稍作描述會是個辦法。

「我不會說錯，也不會說對。」沉吟一會兒後，惠結打起太極，「兇嫌確實用繩索控制住被害者，也在近距離開槍，不過是不是『行刑』，很難說。」

照她記者證上的 logo 來看，應該是以出稿速度著名，沒有紙本報紙的新媒體「新日新媒體網」。新日新媒體提問後，問題少了很多，惠結卻隱隱約約覺得事情正往更糟的方向發展。

她瞄了阿強一眼，部下的臉色並不好看，或許真的做錯了些什麼也說不定。

＊　＊　＊

記者會一結束，惠結和阿強走回辦公室，意外地發現空無一人，刑事組的同仁幾乎都不在。

阿強一臉狐疑地問：「現在是怎麼回事？」

「我們先稍作準備，等待副局長的指示。」看著空蕩蕩的辦公室，惠結也感到困惑說：「可能是有什麼進展，不然不應該這麼安靜。」

兩人回到自己的位置，剛靜下來沒多久，惠結就說出自己的疑慮，「阿強，我剛才的表現還行嗎？」

阿強眨了眨眼，「我覺得很棒……」

惠結感到他話中有話，嘆口氣，「要是被記者抓到破綻大作文章，會讓局裡很為難的。」

「要是真的這樣，我想也沒有辦法……」

還來不及繼續和阿強討論，副局長滿頭大汗，從裡面的房間冒了出來，怎麼看都知道出事了。惠結剛要詢問細節，他便急切地丟下一句：「我沒有時間向妳解釋，去小會議室就知道了。」接著衝出局裡。

在小會議室，幾位專案小組的成員正在向常在局裡出沒，人稱黃檢的黃皓博檢察官說明案情。

「惠結！」黃檢見到惠結，出聲叫她過來，一旁的阿強也跟了過去。

「黃檢，到底發生什麼事？」惠結緊張地問：「我剛剛在記者會，一出來人都不在了。」

「局裡收到了告發影片，副局長馬上就帶人衝出去了。」

「什麼影片？」

「總之，妳自己看吧。」

筆電播放著一段畫質差勁的影片，某個男子在懷裡藏著什麼，鬼祟的經過便利超商旁，而他一個不小心，懷裡掉出了一把「手槍」。趕緊撿起來後，他頭也不回地離開影片的畫面裡。

「這是豆泉？哪裡的影片？時間地點都沒有……」

「這些都不重要，惠結。」黃檢補充，「告密者相信，這人就是槍手，還親切地附上那人的基本資料。」

阿強追問：「所以副局長……」

黃檢沉下臉：「為了立功立刻帶人去抓了。究竟是不是場烏龍，馬上就能知道。」

第二章

孫趙一大早起床，直到看到門邊的黃埔包，他才想起自己突然染上新冠病毒，無力地睡了整晚沒回軍營。八成又給父親添了麻煩。

因出汗溼透的衣物乾了，但燒還沒退，依然全身無力、頭痛劇烈。

在昏睡過去前，孫趙用手機回報給連上長官確診證明，換到了數天的防疫假。不過，大概是很難輕鬆地度過這幾天了。

他鮮少喝酒，不過有如醉酒一般，記憶異常模糊，感覺不只是因為重病的關係。昨晚好像又做了什麼，但孫趙怎麼樣也想不到。聽說得新冠的感受彷彿被卡車追撞，確實如此。

早上七點五十分，有人在按鈴，可能是連上的長官，上回逾期未歸，連長也是特地出動將他帶回。

然而除了連上的長官，數名制服筆挺的警察出現在門邊，孫趙即將因為涉嫌一起重大謀殺案被帶回局裡，而他目前仍渾然不知。

父親一臉訝異，但孫趙比父親更想知道為何警察會找上門，看到連長在旁，簡直就像是為了自己而來的。

他無法為自己辯解，雖然可以推給腦子昏昏沉沉的，但實際上他向來就是這樣。在求學期間，大部分的麻煩都可以裝傻度過，但現在卻不能這麼做。

員警理所當然帶著口罩，但雙眼依然銳利，「你昨天在哪裡？做了什麼？」

面對警方的質問，孫趙無論怎樣，都想不起來昨晚發生什麼事，全都無法回答，自稱確診，臥病在床整晚也被當成藉口。

領頭的警察話不多，他迅速向父親說明來意，孫趙沒聽清楚，他感到視線也有些模糊，唯有兩個字眼飄進他的耳裡。

「刑警」與「滅門案」。

「孫趙先生，要請你和我們到局裡一趟，而我們也要立即搜索房間。」

刑警似乎出示某幾張文件，孫趙的意識瞬間清醒了些，但想說的話依然哽在喉頭。他望了父親一眼，父親同樣也不知所措，「他……他的房間有點亂……」

在帶頭刑警的指揮下，幾名部下已經往孫趙的房間走去。

「造成不便還請見諒。」有別於帶頭的語調嚴肅，另外一名較為親切的刑警笑了笑，「稍微找一下而已，不用擔心，很快就結束。」

孫趙看了一眼如提線木偶般沉默的父親、明顯不在狀況內的長官還有嚴肅沉著的警察。

而微笑刑警所言不假，進房間搜索的員警們很快的再度回到門邊，手中的夾鏈袋裝著一把黑色、散發金屬光澤的致命武器。

孫趙無法解釋為何警方能從他房裡裡搜出一把手槍。他有滿房間的軍武模型，但沒有想到竟有把真傢伙。

＊　＊　＊

新日新媒體六月十五日上午八點三十分

「快訊／豆泉滅門血案重大進展　豆泉分局宣布逮捕一名嫌犯」

社會中心／台中綜合報導

引起全國關注的豆泉滅門血案，豆泉分局在官方網頁上發布新聞稿，宣布已經逮捕一名重大涉案人士，並且查扣凶器。明顯是取得重大進展。

記者致電豆泉分局詢問更近一步的情況，劉姓小隊長並沒有多談，而是說明是依照線人通報，逮捕一名十九歲孫姓男子，更多細節因案件偵辦中不方便細談。

第三章

拉開與老家樣式相同的紗門，社工崔文烏意外地發現他的老闆沈姊，坐在正對門前的辦公桌辦公。

原本就是打算把沈姊約出來的，現在倒是省下這筆功夫。

人稱沈姊的沈君花女士和丈夫退休後，一手創立「護芽基金會」，十多年來透過花大筆鈔票以及捐款，提供小學到國中的清貧學童課後去處，尤其在寒暑兩長假都有專人照料，文烏就是那個專人之一，在這間兩層半的老舊透天厝工作了七年。

說是社工，文烏也有社工師執照，但他有別於政府的兒少保護社工，不需要頻繁接觸高風險家庭，在基金會時的主要業務，包含龐雜的行政庶務、陪伴與定期確認孩子們的家庭環境。特別的是，由於基金會很大部分的開銷仰賴地方人士的善心捐款，所以他常和沈姊去拜訪這些有頭有臉的人物。

見到走進基金會的文烏，沈姊的表情有些詫異，「今天怎麼會這麼早？現在才剛過八點半。」

只有自己一人的時候，就算在大熱天，也不開燈不開冷氣，是善良又老實的沈姊一貫的節省作風。

「沈姊才是，怎麼現在過來？」

「只是來拿個東西，稍後還有事，很快就會離開。」

「剛好，有要給您看的資料。」

說著，文烏啟動桌上的電腦，從帶來的隨身碟調閱出某個資料夾，秀給沈姊看，她驚訝地盯著螢幕上顯示的資料，一時之間說不出話來。

她的反應，完全在文烏意料之中，也令自己產生些微罪惡感。

沒開燈的室內，光源只有從紗門照進來的陽光，以及明亮的電腦螢幕，兩道光剛好都打在沈姊身上，文烏顯得隱身在一旁。

「這是什麼……」恢復語言能力後，沈姊喃喃自語地捲動滑鼠滾輪，預期聽到文烏的解釋。

文烏盡量用淡然的語氣表示，「這是一點學員們的生活記錄。」

「這不太像是一般的紀錄……」

在資料夾裡，基金會目前服務的二十位孩童，每一位都寫有詳細的千字以上背景資料，雙親的背景、在校的生活、交友情況都鉅細靡遺，還包括孩童本人的性格、喜好、一小部分的日常話題、生活照、與社工的對談內容等等，並且在每位孩童資料最後一段，都註記了該名孩童的犯罪風險或是離開協會的可能性。

沈姊臉色蒼白地問：「只有這些了嗎？為什麼你要這麼做？」

「還在基金會的孩子們的資料全都在這了，過去的我會全部刪掉。」文烏遲疑了一下，「之所以要給沈姊看，是因為我要提出離職，還有，我今天要請假。」

「離職？」沈姊將臉抽離電腦螢幕前，她的臉稍微恢復了點血色，「這個部分我們待會兒再聊，我要問的不是這個。你整理的這些資料，已經明顯越界了……為什麼？」

文烏拉來一張椅子，坐到沈姊正前方。

「沈姊，在我來之前，基金會每年平均有多少青少年，因身心出現狀況、捲入社會案件、犯罪或是林林總總的民刑事事件，而被請離基金會？」

沈姊沒辦法馬上回答，那也是自然的。文烏想，再也沒有一個人會記得更清楚那些數字了。

「我來之前的前三年和剛來的兩年，分別是5人、4人、7人、7人、4人，從第三年開始直到今年，這七年加起來則是10人，這就是為什麼我要做這份報告的原因。」

沈姊虛弱地復述：「報告……」

「這些報告是我在基金會與孩子們朝夕相處時，用手機隨手紀錄下來的，當然偶爾也會主動和他們詢問細節。一旦任何人出了狀況，不管只是單純的心情不好，或者是遇上了任何棘手問題，我都能察覺到異樣，及時應對。」文烏表示，「我想我做的不錯。」

「你這樣……也太……」沈姊嘆了一口氣，「如果沒有給其他人看過，而且動機是真心為孩子們好的話，我可以不追究。」

文烏努力保持一張撲克臉，不讓沈姊看出他的心虛。

沈姊邊搖頭邊問：「那麼，你願意告訴我為什麼要離職嗎？」

文烏深吸一口氣，也跟著搖頭，絕不能告訴沈姊自己真正的盤算。他很擔心這樣的盤算會連累基金會，寧可先一步提出辭呈，有個萬一基金會還可以試著和他撇清關係。

「離職的事情，想請你再好好想一想。孩子們會難過的。」

「沒問題的。」文烏立刻說：「保持距離是我一貫的做法，接下來無論誰來接手，都會比我更親近學員。」

「你有什麼想法嗎？衷心希望你可以多做考慮，你比自己想的更優秀多了。」

面對老闆的強力慰留，文烏此刻想不做他想，「我不會收回的，請當作我已經要離職了，最重要的是，我不想給基金會添麻煩。」

「報告我不收，請你妥善的將這些文件處理好。」沈姊再度嘆了口氣，「我很想好好地和你聊，但是真的沒辦法，或許你也知道，長年支持基金會的許老闆發生憾事，我和先生必須和家屬們見上一面。」

對於許老闆，文烏有些微的印象，是名微胖、微禿的普通中年男子，他與妻子從不缺席基金會在暑假的舉辦，孩子們唱唱跳跳的成果發表會，也總是大氣的提供善款給基金會，這樣的人橫死實在是可惜。

沈姊又勸了他幾句，但他並不理睬。

＊　＊　＊

目送沈姊離開協會後，文烏凝望著一塵不染的桌面。基金會的孩子們雖然總是要三催四請才願意好好打掃，但依然維持著一定程度的整潔。

文烏起身，再度推開紗門，撿起丟在騎樓的報紙，再走回空無一人的基金會。周二的時候附近國小、國中都要上整天課，下午四點以後才會有人，沒有人的基金會冷清而令人寂寞。文烏還是沒有開燈，坐在辦公位置打開手機的新聞軟體，同時攤開報紙的社會版。

但，紙本報紙別說是案件的進度了，根本來不及報導發生在豆泉的重大刑案，於是文烏隨手將報紙丟到一旁，改掏出手機，點進新日新媒體的手機軟體。

文烏再度閱讀某篇一早醒來就看見的新聞，封面可見警方押送著嫌犯的照片，內文這麼寫著：

「快訊／豆泉滅門血案重大進展　豆泉分局宣布逮捕一名嫌犯」

新日新媒體六月十五日上午八點三十分

社會中心／台中綜合報導

引起全國關注的豆泉滅門血案，豆泉分局在官方網頁上發布新聞稿，宣布已經逮捕一名重大涉案人士，並且查扣凶器。明顯是取得重大進展。

記者致電豆泉分局詢問更近一步的情況，劉姓小隊長並沒有多談，而是說明是依照線人通報，逮捕一名十九歲孫姓男子，更多細節因案件偵辦中不方便細談。

比起案件的重大進展，對文烏來說，更重要的是那張照片，他從基金會的櫃子裡翻出一本相簿，找尋五年前的大合照，很快地發現目標。

被捕的那名男子，低著頭戴口罩、就算已經過了將近五年，一和照片比對，文烏幾乎是瞬間確定，那是自己帶過的學員，孫趙，而他被懷疑是一起滅門血案的兇手。

文烏不自覺地站起身又坐下，他大受衝擊，並非是因為孫趙可能犯下凶殺案，而是自己竟然無法忘懷一個「普通」的孩子。印象中有點陰沉、單親家庭、家境很差、喜歡軍火模型，僅僅如此罷了。

孫趙並不該是特例，身為護芽基金會的社工，文烏必須第一線和他們的家人或是學校接觸，他們因為各種理由通常來來去去無法久留基金會，某些孩子的經歷甚至比文烏三十年的人生還精彩、複雜。

有人家境窮苦，從小就被迫協助家裡的粗工、有人對母親唯一的記憶就是被她推下樓梯、有人親眼目睹父親輕生，雖然不是每個人都這麼辛苦，但進到基金會的孩子們大都有自己的難處。

為了長久從事這項工作，文烏以公事公辦的態度面對每一張稚嫩的臉，不關心更不會有多餘的交流，只要做好「紀錄」，防範好他們走上歪路就夠了。文烏認為要是花費過量的心力關注每個孩子，他很快就會受不了。

「可惡。」他罵了一聲，撥亂了前髮。

文烏想起了一件事。

大概是孫趙六年級的時候吧，某次他的反應比別人更加遲鈍，飯也不吃，作業拖到很晚才寫完，雖然文烏很想無視，但還是主動去問他有什麼心事。

「孫趙，怎麼了？陳新才又欺負你了嗎？」

「要畢業旅行了。」

文烏馬上知道是怎麼一回事。

「你和爸爸說了嗎？」

「還沒有。」

「可以談看看，說不定……」

「文烏哥，不行，家裡沒錢。」孫趙低迷的語氣讓文烏閉嘴，「如果還有酒瓶的話就是沒有錢。」

他忘了這段對話是怎麼結束的，也不記得孫趙最後有沒有去畢業旅行，只知道跟沈姊聊起這件事的時候，沈姊告訴他孫爸爸的欠款增加的時候，酒瓶也會增加。

「孫趙也跟我提過這件事，孩子永遠比我們還敏銳。」

孩子當然很敏銳，但文烏認為自己也不輸。一旦開始回想，跟孫趙有關的芝麻綠豆大小事就湧上心頭，那個孩子明明已經離開基金會五年了！

必須做點什麼才行。這樣的念頭徘徊在心頭。

阿鐘一定可以幫上忙，除此之外呢？

自己有限的人脈和資源能達到什麼地步，文烏也不知道，但要是什麼也不做，一定會後悔的，畢竟自從十三年前，自己的親妹妹逃家以來，他就後悔至今。擔任社工，則是種無形的補償。

第四章

新日新媒體六月十五日上午九點四十分

「獨！直擊豆泉血案現場血腳印　員警驚嚇過度大出洋相」

記者張祈庭／台中報導

六月十五日早晨五點，豆泉市驚傳一起滅門慘案，許姓一家四口慘死家中，據豆泉分局警方表示，死者一家頭部中彈，近乎是遭受行刑式槍擊。記者實地採訪，現場悽慘，留有大量血跡和怵目驚心的血腳印（見下圖一）。

記者亦目擊年輕員警應目睹悽慘現場，立刻撲到窗前嘔吐（見下圖二），連專業人士都大受打擊，可見兇嫌手法之兇殘。

記者實地採訪許家鄰居，表示昨晚似乎有巨大聲響與碰撞聲，但都沒有聯想到槍聲，持續時間也不長，因此沒有放在心上，想不到隔天驚傳噩耗。

目前全案仍在偵查中，因牽連甚廣，分局已請求台中總局協助。

祈庭非常地興奮，這篇新聞是她至今為止最好的傑作。使用流量分析網頁，看著自己新聞的點閱數字瘋狂跳動，她幾乎就要跟著在原地跳上跳下了，但她手中的咖啡不允許她這麼做，咖啡店的店員也會把她趕出去，畢竟這間由數個貨櫃拼裝改建而成的「白鷺咖啡」，是主打安靜、品味、書香的時尚餐飲。

她舒服地窩在店內的頂級沙發椅上，回想一大早主動出擊造就的豐功偉業。

這兩天排休，祈庭久久一次回到老家休息，半夜本想輕鬆追個劇，卻一不小心天就亮了。正當要去睡的時候，滑到豆泉地方社團的討論版，當下她睡意全無，畫了個淡妝、抓起採訪工具——一部單眼相機、一支錄音筆和筆電就衝出門。

網友的貼文寫道：「前溪街出大事，室內設計行一家被槍擊」。從貼文下面的留言來看，大概是真的。

祈庭還沒有時間去看各大媒體的報導，但她知道這是她的機會。祈庭預知到再過不久，不只是地方社團討論版、乃至於社群網站都將聚焦在「豆泉血案」這起可怕的大案子，可說是全台灣矚目。總部的大辦公室也即將忙得人仰馬翻，總編輯肯定顧不得早餐，忙著調度人手。

雖然她不是負責跑社會線的，但祈庭還是把握機會傳訊息，告訴總編這裡有她在。從沒想過身為土生土長的豆泉人，竟然會有這種寶貴的採訪機會。

跳過主管直接找總編，按軍中的標準絕對是越級呈報，會被「電到起飛」，但新日新媒體不是那種硬梆梆的組織，而是重視效率和利益的頂尖企業，不出所料，總編很快的打電話來，用急切但充滿期待的口吻發問，「祈庭，妳人在豆泉嗎？」

「對，從我家過去不用十分鐘。」

「妳之前都沒跑過社會新聞吧？妳行嗎？要不要請人支援？」

祈庭信心十足，「可以的，總編，交給我就可以。」

「等我幾秒鐘。」

暫時有幾十秒聽不到聲音，祈庭猜應該是在和自己的主管對話，她能諒解，畢竟總編還是要確認一下自己的工作能力，

「好，我剛剛問了一下，妳今天休假？老樣子，看是要換特休或是換成加班費都行，我還會再幫妳爭取額外的獎金，看妳表現了，去拚吧！如果有驚爆的新聞點，就直接發稿！我會請資訊組幫妳開通發稿權限，我和社會組主管都不會特地檢查。」

一股興奮之情油然而生，竟然連發稿權限都拿到了！祈庭簡直是幹勁滿滿，「謝謝總編！」

老實說，她很討厭豆泉這個窮酸地方，所以大學才會不顧雙親反對，大老遠跑去北部讀書，畢業後也不顧男友反對留在台北工作，可是，無論多麼討厭這裡，畢竟還是故鄉。事發地點的前溪街是豆泉的幹道，包括周邊的小路她都非常熟，採訪只是小菜一碟。跳上機車後，不到十分鐘就到達案發地點。

許家經營的室內設計行位於豆泉南邊，是棟四層樓透天，面朝車流量大的前溪路，背面則是一條僅五米寬的死巷，許家在死巷中段。祈庭要去的目的地，當然就是那個死巷，她才不會傻傻的走大門，然後被警察用各種理由擋在封鎖線外。

而且，她不只是在附近張望而已。

祈庭快速徵得了同意，從死巷的其中一戶民宅，用高倍率的鏡頭拍攝現場。她快速地前往民宅的三樓陽台，這裡剛好在許家的左側，只隔著一條防火巷。

和附近一帶的建物樣式相同，許家也呈現狹長型，中段的樓梯將大宅切割成比例一樣的前、後半部，並且在二樓的樓梯口，有扇未關的窗戶。

祈庭一口氣爬到民宅的頂樓，從高處試著拍攝窗戶周遭。不過窗邊並不能看見犯罪現場，只能隱約瞥見樓梯口和一小部分的樓梯扶手，這樣的角度其實不太理想，但現在這種時候也無法挑剔了，不在這個高度一定馬上被警方發現並趕走。

來到這裡還算是有收穫的，她拍到了樓梯前一組清楚的血腳印，然而祈庭還是有些失望地長吁一口氣，這照片充其量只能當作是資料照片，沒辦法寫出一篇有意思的報導。原本以為案發現場會出現某種騷動，但實際上比她想像得無聊許多。但祈庭沒打算那麼早就放棄。

精彩的畫面沒有讓祈庭等太久，隨著更多的警力前來支援，樓梯間更多員警來來去去，沒過多久，她終於拍到一名男性員警，搖搖晃晃地衝到窗邊嘔吐。

祈庭興奮地不得了，當下翻出筆電敲打著報導，就這樣標題名為：「獨！直擊豆泉血案現場血腳印　員警驚嚇過度大出洋相」的一篇高點閱報導誕生。

就算可以稱文章為「獨家」，但基本上沒什麼新的內容，祈庭就是把整起案件再說明一次，並加入員警嘔吐的描述罷了，還為了稍微豐富點內容，順便採訪出借頂樓的民眾，不過追根究柢，將員警嘔吐的畫面打上馬賽克再設成縮圖，才是她最棒的巧思。

原本跑政治線的她改寫社會新聞，不用說當然有一堆問題，但這篇新聞刊出後，無論是社會組的主管還是總編都極度讚賞。這次的事件可能影響深遠，民眾都極度關注後續，尤其是年底要選舉，治安的問題一定會掀起討論，對靠著流量吃飯的公司來說百利無一害。

觀察流量分析網頁，祈庭愉悅地看著自己寫的報導已經高高掛在全站龍頭，這下這季令人頭痛的考核也不用擔心了。

「速度就是生命、點閱就是財富、流量就是價值。」

祈庭任職的《新日新媒體網》是沒有紙本形式的新媒體，將這句話奉為圭臬。打從入職的第一天開始，她就徹底理解了這一句話。遵從主管的指導，將標題用語年輕化，並且呈現報導中吸引人的亮點，最重要的大前提，則是完全把握新聞的新鮮度，就算早一秒也要讓報導快速問世。

剛剛寫出的報導，就是「新日價值」的體現，她出色的達成任務，不過，真正的考驗現在才要開始。

她一口氣點了三杯咖啡放在桌上，一面暢飲、一面任憑想像奔馳。

她要挖掘兇手——準確地說，是警方目前逮捕的嫌犯的真面目，總編也鼓勵她這麼做。

警方的速度快得不可思議，大約上午六點左右才出現第一篇許家的報導（當然，是《新日》的報導），快七點時發布新聞稿，快八點就高速逮捕了十九歲孫姓男嫌，並在豆泉分局的網站上簡述案情，並且釋出一張有夠不明顯的照片。然而，對外發布的消息並不詳細，記者們打爆電話不斷追問，但負責媒體公關的秘書鐘先生不說就是不說。

僅憑「十九歲」和「姓氏」的情報當然不足，她需要更多。而這裡可不是台北，經手的也不是熟悉的政治線，而是社會線，過往累積的人脈可說是派不上用場。

不過，這也不是問題。這裡是豆泉，是祈庭小得要命的故鄉，而她在豆泉三所國中都有朋友，她要來了這三所國中四年前到六年前的畢業紀念冊，整理出姓孫的學生名單，緊接著，使用社群軟體和搜尋引擎查找這些名單。

總計十五位姓孫的學弟妹，在九位男性之中，大約有四位可以找到最近幾個小時還有更新的社群帳號，另有三位帳號不公開，但找得到目前就讀的學校，她也一一打電話到學校去，至少確定他們還在校內。

剩下的兩位沒有公開的社群帳號，似乎也沒有升學，不過這對她來說也不是問題，十九歲、未升學的一般男性如果沒有出國，在做什麼其實很容易猜。

他們鐵定是在服兵役。祈庭認定，正由於牽涉到軍方，所以警方才會在案情取得重大進展時，一反常態不宣揚成果，選擇更加有限的揭露資訊。

想到這裡，祈庭有些猶豫，她得到了總編特許的發稿權限，可以任意發稿，可是，在軍、警都異常低調的前提下，任意出新聞不只無法提升自己的績效和評價，反而可能替公司惹上麻煩。

她決定先再多做些調查之後再做打算，於是從剩下的兩位隨意挑了一位，直接打電話打到離豆泉最近的那家新訓中心。

「成功嶺新訓中心。」接電話的男性有些無精打采，「如果是新兵家屬，麻煩告知新兵的所屬單位和編號，謝謝。」

祈庭想過要不要假扮成家長，不過很容易露餡，要是說謊讓對方觀感不佳就不好了，所以還是走正攻法。

「您好，我是新日新媒體的記者，我姓張，請問孫趙──」

「找誰？」聲音突然顯得非常不耐煩。

「孫趙。」

「又來了！我剛剛才講過，我們不會曝露任何新兵的個資！請去和警方連絡！」

這句話讓祈庭心裡一緊，難道有媒體搶先她了嗎？不對，目前還沒有看到更近一步的報導，並不一定是競媒，而且這句話是不打自招，這位「孫趙」肯定就是警方逮捕的對象。

「可以請問一下，剛剛是誰打電話過來的嗎？」

「自稱在經營 Youtube，好像是什麼杜什麼水的，不認識啦！」

杜澤水！祈庭聽過這人，是個總是能精準爆料，同時毫不介意惹上官司和各種麻煩的人氣 Youtuber，雖然不知道他掌握到什麼程度了，但是他和一般媒體不同，可以輕易地用個人名義出影片、發布各種爆料。

掛掉電話後，祈庭急忙開啟電腦，用臉書找到杜澤水團隊經營的粉絲專頁「杜澤水──火爆公道伯開講」，找到了一則影片發布預告的貼文。

「豆泉滅門血案震驚全台！黑道橫行？挾怨報復？政府開口閉口都在講的社會安全網

呢？

小老百姓就這樣繼續活在恐懼之中，警方說抓到嫌犯，但他到底是誰？他到底又在這起可怕的案子裡扮演怎樣的角色？

阿杜正全力查案中，小編全力預備剪片中！最慢最慢下午五點上架！

快到 Youtuber 頻道開啟通知待機！by 濕黏黏小編。#起底嫌犯#豆泉滅門血案#偵探阿杜#真相公道伯」

「這傢伙太瘋了吧。」

這則貼文讓祈庭瞠目結舌，甚至重新閱讀了一次貼文內容後，才老掉牙的點開留言。

「以前台灣不會發生這種事！台灣怎麼了！」

「兇手一定要死刑！這種時候，廢死團體就不敢跑出來叫了！」

「這次是當神探嗎？阿杜大神受我一拜……」

「阿杜就等你的影片！政府不敢講的，你來！」

類似這四種內容的留言竟然還有一百多則，粉絲似乎對杜澤水這名並非警察、記者或是律師的一般民眾異常崇拜和期待，印象中，他認識不少「特種行業人士」，在挖各種內幕爆料時也會毫不顧忌的犯法，這種人也可以吸收不少粉絲，真的是要問「台灣怎麼了？」。

雖然這麼說，祈庭很清楚自己的心態其實和杜澤水沒有兩樣，都是想靠這起案件吸引流量，只不過明顯越界的行為，自己絕對不會去碰……可能還是會去碰，只是會有點分寸。

杜澤水發片之後，警方肯定會發聲明稿澄清，在這個時候當然可以出孫趙的新聞稿補充，因為有準備的關係，速度鐵定是第一快，也稱得上是功勞一件，但是祈庭無論如何都不想受制於區區一名 Youtuber。

也許是因為熬夜的關係，祈庭現在既想不到領先杜澤水發稿的方法，也無法保證總編會續開綠燈讓她著手調查……需要更多提神飲料。

心不在焉的祈庭回到點餐台，「小姐，一杯黑咖啡。」

「妳該不會是祈庭？好久不見了。」

這句話大概是祈庭最不想聽到的話之一，就是想要離大家都認識的小鎮遠一點，她才會選擇離開豆泉。

店員在剛進店裡時並沒有認出她，但現在卻親切的和自己打招呼，可能是因為講電話被認出聲音，祈庭自認外貌上和學生時代差很多，但是聲音大概騙不了人。

「好久不見了。」祈庭也認出她是國中的同學，「妳最近好嗎？」

「還可以啦。妳現在在做什麼？有一陣子沒有聽到妳的消息了。」

忍著疲勞想睡的腦袋，還有壓抑住調查「卡關」的焦慮心情，祈庭表示，「我在台北當記者。」

或許會聽見「小時不讀書長大當記者」之類的揶揄，祈庭並不在乎。

「不愧是祈庭。」店員的評語超乎預期，而且看起來不像是奉承，「妳向來很擅長說故事，還很會談判，要是當記者，想必可以挖出很多精彩新聞。」

這樣的高評價讓祈庭脹紅了臉，在新聞社，光是完成分內的工作就很辛苦了，她認為還沒有留下特殊的成果，所以才會彷彿吃人血饅頭一樣的咬著這個案子不放。

祈庭堆出笑容，「真想不到我這麼好？有沒有什麼讓妳這麼想的例子？」

「國中剛入學的時候，班導依照學校的規定，禁止我們使用手機，妳還記得嗎？」

「記得，那又怎麼了？」

「那個時候，妳收集了全豆泉國中小的手機使用守則，告訴班導手機開放是趨勢，與其強硬的禁止，或許可以拿來當作獎勵時間，有限度的讓我們使用。」

「這麼說來，好像有這回事。」聽到有人談論自己的青春往事，祈庭總覺得有些不好意思，「不過我還是失敗了，當時做了白工。重要的是過不久學校依然解禁使用手機，白白浪費時間。」

店員搖搖頭，「妳很不簡單的，所有人都只能接受班導的規則時，只有妳有勇氣和行動力試著改變現狀，而且雖然最後沒有成功，妳也成功預言手機會開放。最厲害的地方是：我們當時只有十二歲，沒有一個十二歲的孩子會想這麼多。」

祈庭的臉更紅了，斷斷續續地說：「謝謝妳的稱讚……而且……總覺得有點被十二歲的自己打動了。」

這麼一聽，過去的自己還真的是很優秀。而現在的自己卻因為一點小阻礙就停下，實在是有愧同學的評價。

她當機立斷決定繼續追蹤「孫趙」，並且一定要排除任何難題，她乾了咖啡後，冷靜地坐回原位，深呼吸兩口氣後撥打電話。

「總編，我是祈庭。」

「等妳的電話好久了，目前還順利嗎？」

祈庭深吸口氣，「我查到嫌疑犯的名字了，可信度非常高，甚至可以搶先警局更進一步公布前發幾篇新聞。」

總編那一頭沉默了幾秒，祈庭認為她一定非常興奮。

「可信度多高？」總編的聲音在顫抖，「妳說看看。」

祈庭一股腦地說：「透過一些調查，我鎖定了某個名字，猜測他還在服兵役，所以打到成功嶺新訓單位去問，接電話的告訴我有知名 Youtuber 也打了過去找同一個人。」

「誰？哪個實況主？」

「杜澤水，自稱『火爆公道伯』那位。」

總編驚呼，「雖然他的爭議很多，但是爆料通常很準，確實有不小的可信度。」

「我要繼續追蹤，希望總編讓我可以盡快發稿，最好是開通我的發稿權限。」

總編斷然回覆，「不行。我們是正派媒體，這種敏感的消息沒有準確的消息來源都不能公布。」

「沒有問題的，總編。」

「我知道妳很有心，祈庭，不過嫌犯可是義務役，是軍方的人，我猜這就是警方不願意大動作說明破案進度的原因。」

果不其然總編相當猶豫，這都在意料之中。多虧過去的自己，祈庭已經想到了有效的說服手段。

「總編認識豆泉分局的長官對吧？」祈庭打斷總編，「請和他確認我找出的嫌犯是否正確。」

這個提案有些打動總編，「這個提案不錯……雖然就算是妳找到對的人，我們也不一定就可以刊出……不過至少可以賣個人情，我可以包裝成是看在他的面子上才不發稿。」

「絕對有更好的做法，總編，剛剛我有提到，杜澤水即將發影片，而且他的資訊很正確。畢竟是炒作的專家，肯定會掀起大量的輿論攻擊和不信任。由我們搶先發布，他就不會是那個帶頭的，對警方或是軍方的傷害都會比較小。」

總編沒有回應，祈庭趁機往下說：「我只發兩篇新聞，就兩篇。一篇告訴社會大眾嫌犯的身分，一篇稍微描述嫌犯的背景，也請總編用這兩篇新聞當成談判的條件。我們的這兩篇新聞對他們來說絕對不會有壞事，絕對有加分的效果。」

祈庭的作法和過去相同，用「杜澤水發片」這件早晚會發生的事當作誘餌，讓警方認為和新日新媒體合作有益，進而主動成為協助者。

「如何？」

過去的經驗失敗了，祈庭沒有自信這次就能成功，但她絕對不打算輕易放棄

「我立刻就去打電話，我想有很高的可能性成功……祈庭，可以著手採訪任何妳認為有幫助的相關人士了，麻煩妳盡快寫出報導來，能拿給警方看會更令人放心。」

祈庭幾乎要尖叫出聲，總編在最後又加了一句，「這絕對會是大功一件，等我的好消息吧。」

＊　＊　＊

大約十分鐘後，總編再度打來大開綠燈，她熟識的豆泉分局副局長願意讓他們獨家搶先發布孫趙的新聞，只要用詞不要太辛辣都行，也希望避免寫出會引起民眾反感的揣測。

祈庭摀住嘴，歡喜的眼淚幾乎要噴了出來。

第五章

陳新才始終都不覺得把槍交給順仔是個好主意。事實也是如此。

昨晚可以說是倉皇而狼狽地離開許家，作為召集人，處理那把槍枝的重任，落到了陳新才身上。

腦袋一片空白的他，在回過神來之前，已經躲回了老家，在垃圾堆公寓的狹小房間裡踱步，徹夜未眠。

今早他將槍用布層層包裹住，盡可能想辦法藏得更遠更隱密。

離開公寓，經過一樓某扇半開的窗子時，他愣住了。

那人好像睡得安穩，微微的鼾聲彷彿在嘲笑自己。一把無名火燒了起來，他將槍枝扔進那間房裡，沒有驚動那個人，也不可能被任何人看見。

回到房間，一不做二不休，首先是將一段隨手找到的攝影畫面，用剪輯軟體合成豆泉的景物後，再配上一段文字，接著使用免洗的信箱並掛載國外 vpn 後傳到知名的「新日新媒體」和警局。

睡醒以後，發覺一不小心就睡過頭，陳新才乾脆請了上半午的假，然而打開手機，他發現自己邪惡的惡作劇，產生意料之外的效果。

回憶席捲而來。

六年前，某個星期六，精力充沛的沈姊帶著睡眼惺忪的文烏做家庭探訪。記得當時還不用戴口罩，還是個風和日麗的上午，而他竟然還要工作，連續兩周！

「你還好嗎？阿文。」

「還好，睡眠不足罷了。」

他和沈姊抵達了一個破爛的公寓。這棟六層廉價公寓沒有電梯，且樓梯間都堆滿垃圾，明顯欠缺一個正常的管理員。不幸中的大幸，就是孫趙的家在一樓，不用爬樓梯，如果可以，文烏絕對不要住在這。

孫趙的單親父親打開門迎接。

「老師們好！歡迎歡迎。」他的樣子看起來不像是歡迎，臉色比文烏還要差。

另外不知為何，雖然是社工，文烏卻常被叫成老師，不過在護芽其實偶爾也要做補習班老師的工作，像是幫忙看作業之類的，被叫成老師也不能算錯。

孫爸爸領著兩人進到骯髒的室內，文烏勉為其難地穿上室內脫。他注意到酒瓶、鋁罐堆在角落，桌面、地面都有厚厚一層灰塵。文烏分不清楚這裡和公寓的公共空間哪邊更糟，這不是讓孩子成長的好地點。

除了孫趙以外，還有一名孩子陳新才也住這棟公寓，與沉默寡言的孫趙截然相反，陳新才是基金會令人頭痛的，囂張跋扈的孩子，物質生活上的不美滿，被那傢伙轉化成欺負同儕的動機，孫趙就是他盯上的對象之一。要不是學業成績好且父母與沈姊關係不錯，他早該被請出基金會了。

「真不好意思啊，兩位，沒有空打掃。」

少來了，你根本不忙。

根據資料，孫爸爸到處打工，沒有固定職業，還欠了一小筆債，雖然數字不大，但是代表他們在金錢上幾乎沒有餘裕。

這次的視察是要確認他們的家庭狀況如何，基金會的資源有限，要避免非清貧的家庭將基金會當成免錢還附晚餐的補習班，所以要經常視察學生的家中。

「小趙！小趙！」孫爸爸呼喊兒子，但沒有反應，他陪笑似地說：「抱歉啊，老師，可不可以麻煩你去看他？裡面的房間就是了。」

文烏離開沈姊和孫爸爸，敲了敲門。

「孫趙，我是文烏，現在方便嗎？」

過了一會兒，有個微弱的聲音回應：「請進。」

文烏開門，眼前是一張正對門的書桌、一個小衣櫃和一張床。孫趙坐在桌前，桌上一本槍械模型的型錄。這個房間的窗戶直接面對大馬路，文烏很希望孫趙關上窗，不要讓窗外的汽機車廢氣跑進室內。

「你還好嗎？」

「還好。」

「這是什麼？」

「槍的書。」

「你喜歡槍嗎？」

「喜歡，總有一天我要買很多這種模型，把房間塞滿。不過，現在只有這一把而已。」

「很好的夢想。」

把這個狹小的房間塞滿並不難，大概只有五坪左右吧。文烏有點意外，孫趙在協會裡也是個安靜的孩子，但訴說著未來目標的他，和平時完全不同。

那應該是文烏第一次到孫家探訪，他和孫趙聊了一會兒，回到客廳時，沈姊似乎已經和孫爸爸談完了。

離開公寓後，沈姊問文烏：「你好像很開心。」

「是嗎？沈姊反而看起來很憂心。」

「孫爸爸跟我借錢。」

這種事還蠻常發生，某些人一旦對他好，就會以為可以盡情的依賴。文烏心煩意亂地撥亂頭髮。

有那樣的父親、那樣的成長環境，孫趙以後會是怎樣的人？想到這裡，文烏搖了搖頭，他可不想讓這樣的雜念毀掉一個美好的星期六上午。

現在孫趙被抓，沈姊腦中是否會浮現出這樣的回憶？至少諸如此類的回憶，在今天不斷縈繞在文烏腦海中。只有盡力去做辦得到的事，才能夠對得起這些回憶。

看著眼前的破爛公寓，文烏真沒有想過還有一天會回到這裡。

＊　＊　＊

「好臭！」進到公寓內部，迎面而來腐敗食物的氣味以及尿騷味，正門附近堆滿手搖飲料空杯，垃圾似乎比當年來的時候更多。

孫趙家是哪一間，實際上文烏記的不是那麼清楚了，但他記得從孫趙房間的窗戶看出去的景色，與那個孩子當時的表情。從那樣的回憶回推，並不難找到正確的門牌。

文烏在出門前曾仔細檢查過各家媒體的報導和各論壇的討論，目前孫趙的身分還沒有徹底暴露，但那只是遲早的事。文烏幾乎可以看到大量的媒體和想湊熱鬧的無關人士擠滿這間破公寓的畫面。走上前按下門鈴，沒過多久，一臉頹喪的中年男子出現在門縫。

「你還記得我嗎？」文烏親切地說：「孫爸爸，我是……」

「你是那個社工，崔社工？」

文烏沒有想過對方還記得他，頓時詞窮，孫爸爸一言不發地將門敞開，讓他進到屋裡。

屋裡還是和上次一樣亂得不得了，牆角堆著垃圾，不過文烏注意到這些垃圾有被多人踩踏的痕跡，而孫趙的房間大門緊閉。代表警察可能來過這個家，孫趙極有可能是在家中被逮捕的。

與上次不同的還有孫爸爸的外觀，除了老更多以外，還滿臉愁容，看起來更加頹廢，以一名在工地搬磚打工的工人來說，他也很瘦。孫爸爸大概不打算上茶或是做任何招待的行為，只是無力地坐在客廳一組藤椅上，文烏也不打算乾站著，坐到他的對面。

「好久不見……」原本還有很多想說的，但文烏第一個問題還是，「為什麼孫爸爸還記得我呢？」

孫爸爸勉強擠出一個難看的微笑，「您是他當時最喜歡的社工，他還把和您的合照放在桌上。」

與其說是感動，倒不如說文烏感到有些莫名，完全不記得對孫趙有任何特殊的照顧或關懷。

「但是老師您來得不巧，小趙不在，今天還請回……」

「我知道。」文烏也不打算拖泥帶水，「我從報導的照片發現孫趙被逮捕了。所以，我是來問有沒有我幫得上忙的地方。」

孫爸爸欲言又止，或許他深受感動也說不定，也或許他還在暗忖為何文烏會知道這件事。

「我會想辦法幫助那個孩子，事件很快會結束。」文烏掛保證，「我會讓他回家以後，還能過上一般的生活。」

「可是……回報……錢……」

「什麼都不需要。」文烏淡淡地說：「這只是我想做的事。孫爸爸，按照媒體的血性，接下來麻煩的事還在後頭。請隨時連絡我或是警察，這是為了你好，也是為了孫趙好。」

文烏只提出了一個要求，「讓我看一眼他的房間就行。」

＊　＊　＊

離開孫家，文烏跨上機車騎了一段路，抵達目的地後，還沒下車，就先用社群媒體搜尋相關的新聞，果不起然比起紙本媒體，新媒體的速度更快、內容也更加精實。

譬如「新日新媒體」至少有五則相關的新聞，全都從不同的角度切入這起案件，最先吸引文烏注意，也是最多人留言的新聞標題是：「役男涉嫌滅門案　長官稱休假卸責　『大老師』飆罵：國軍螺絲鬆多久了！」。

文烏仔細閱讀。

北地新聞六月十五日上午九點十分

「役男涉嫌滅門案　長官稱休假卸責　『大老師』飆罵：國軍螺絲鬆多久了！」

豆泉滅門血案震驚全台，警方已全力搜查，據稱已取得重大進展，並且在最新新聞稿中，指出滅門血案的嫌犯是現役義務役役男。

因針貶時事風格嗆辣而大受歡迎的實況主「大老師」就特地在上班的工廠拍攝短片，發布在Facebook、IG、抖音上（文末有連結），大力痛罵國軍的素養和管理，跟他那個年代完全不一樣，影片迅速破十萬次觀看。

網友紛紛留言：「現在國軍連除草都不用了，隨便跑出來害人是不是？」、「大老師不愧是大老師，簡直講到心坎裡。」、「國軍不打敵人打國民，誰還能睡好覺？」，也有人留言「不要一桿子打翻一船人，這只是個案。」。

新聞內文敘述網路名人「大老師」拍影片批評國軍放任役男，而這位「大老師」似乎是最近很著名的網紅，正職雖然是舞蹈教室的男老師，卻經常開直播針砭時事，台味嗆辣的風格讓他吸了不少粉絲。

文烏想，這個「役男」大概就是指孫趙，他目前約十九歲，從年紀推論，如果沒有就讀大學，非常有可能正在服兵役——他的房間角落放著黃埔包，應該沒錯。紙本的報導並沒有提到孫趙是役男，頂多強調是名二十歲左右的青年，於是文烏又瀏覽另一篇更早的新聞，標題是「豆泉血案兇手疑似是役男　軍部暫無明確回應」。

報導本身沒有什麼亮點，文烏只關注一段話。

「……疑似在中部豆泉區犯下殺人案的二十歲孫姓男子，目前在中部成功嶺服四個月兵役，因昨日返營逾期未歸，然而本社致電成功嶺軍部未獲明確回應，僅表示靜待司法調查……」

先是被挖出在服兵役，文烏推斷，接著就是本名，再接下來就是住過的地方、遇過的人了吧，出生地豆泉也會吸引來記者，最糟的情況就是有人會到基金會挖各種八卦。

查一下孫趙的社群帳號，果然已經曝露了，惡意的留言洗了整個頁面，他和那名警察說得沒錯。

抱著無奈的心情，文烏改瀏覽了新聞下方的留言，有人大膽預測「恐龍法官會因為可教化輕判」、有人則是抱怨台灣環境不如從前，更多的則是對孫趙的憤怒、指責和詛咒。

「真想看看他的老師是什麼樣子，教出這種學生。」這句話印在眼簾。

文烏從不以老師自居。即使如此，這句話還是重重的在他的心窩揍了一拳。他更想看看自己的學生現在是什麼樣子。

眼前能做的事情還有很多。文烏抬頭凝望眼前的白色巨塔，並緊握手機。當年在找妹妹的時候，他給非常多人都添了麻煩，包括好友阿鐘、承辦失蹤案件的劉姓警官還有無良的電台主持人，事到如今，他也不介意添更多麻煩給他們。

* * *

曾心恬稍微拉緊外套領口，而主任隨手將冷氣開到最強，搔了搔微禿的頭頂，用有些憂鬱的眼神望著貼滿便條的白板，上面寫著的是原本的預定選舉行程——參拜媽祖廟、去見幾位里長、晚上出席獅子會的聯誼，不過大概要全部取消。

主任不開口，所有人也都說不出話來，氣氛凝重。工讀生買來的兩大袋早餐擱在桌面，但沒有人有食慾開動。

門短暫地開啟又闔上，心恬望著年輕的小張有些狼狽地進到會議室，主任見狀發問：「小張，工讀生那邊怎麼樣？」

「Line群接到的訊息真的太多，已經請工讀生改用罐頭訊息一次回了。」小張無奈地說：「市話方面，緊急請幾位沒有排班的工讀來支援，這一兩天都會是這樣。」

雖然在會議室看不到，但心恬想像得到在辦公室工讀生們掛了話筒，電話又馬上響起的畫面。掛在服務處牆上的電視，大概也在強力播放那起重大刑案的各種細節吧——豆泉滅門血案，媒體這麼稱呼發生在前溪街上的案件。

心恬是起床後，在服務處的公共Line群知道這件事的，主任留言希望大家能夠盡量準時到達服務處，考慮到滅門案種種血腥的細節，不難想像居民會有多麼恐慌，而民眾有多恐慌，就代表心恬與同事們會承受多少壓力。

雖然一通電話也沒接，但民眾抱怨治安，懷疑有黑道甚至是強盜集團橫行，這些質疑都不難想像。

「小張，坐吧。」主任發言稍微活絡了場面，「今天早上的事，議員……」

手機鈴聲倏地在會議室迴盪，心恬紅著臉在外套口袋摸索手機，她瞄了一眼螢幕，下巴快掉了下來。

某個曾是她人生敗筆的男人透過Line打了過來。不過，就算她想接起來，但有兩個理由不允許她這麼做，第一，迅速接起電話，彷彿還很在意對方，她不希望傳達出這種錯覺；第二，現在晨會中，主任不會允許的。

她當機立斷掛斷。

「主任，不好意思，忘記靜音。」

原本希望晨會繼續下去，沖淡這件插曲，但主任卻注意到了什麼，「公主，有急事的話，妳可以接。」

「不是急事！」心恬查覺到自己的語氣比平時激動得多，還下意識要藏起手機，「是私人的電話，晚點回也沒關係。」

「該不會是前男友打來，想要求復合吧？」

不知道是誰冒出這一句，大概是想要揶揄心恬這兩年都保持單身，但好死不死，那人猜對了，主任還打趣地說：「如果是那個劈腿又和妳借錢不還的傢伙，可以接喔，讓我們聽聽看妳修理他。」

心恬看不到自己的臉，但可以感受到渾身發熱，想必整張臉也都脹紅了，同事們看到她的反應，先是愣了幾秒，之後所有人都大笑起來。

等到笑聲止息，心恬苦笑著問：「主任，我應該提過一次而已吧？記得這麼清楚？」

主任的臉上依然有著笑意，「那當然，大家都很好奇公主的前男友是怎樣的德行，所以記得特別清楚。」

心恬其實不太能確定他們是否帶有嘲諷的意味，這十年來，她頻繁轉換工作，依序從記者、社工、議員助理、現在的工作——市長選舉辦公室助理間轉換，和這群同事僅相處不到兩年，至今仍未掌握他們的脾氣。

反之，同事們也沒能掌握她的性格，或是試著理解她。只因為作為市議員之女，被冠上「公主」的綽號，心恬明白，縱使自己工作能力出色、面容姣好、又累積了不少人脈，在這些人眼裡，不過就是「老闆的女兒」。

前男友來電的小插曲雖然使人尷尬，但至少令緊張的氣氛和緩了點，已經有人拿起早餐來吃，見到場面緩和許多，主任迅速換了個口吻，用無比嚴肅的語氣說道：「玩笑開到這裡就好，大家都明白今天早上的是有多嚴重，議員和過世的許老闆是老相識了，他本人非常沮喪。」

小張提問，「議員人呢？什麼時候會進辦公室？」

「議員現在正在家屬和幾位熟人那邊私人會面。」主任確認錶面，「中午前會和黃秘一起回辦公室。」

接著，主任調整了人力配置，心恬和另一位助理針對此起案件調整選舉行程與策略，小張則繼續率領工讀生面對焦慮恐慌的民眾，電話從進辦公室以來就響個沒完。

不過，在警方逮捕一名役男嫌犯的新聞刊出以後，這樣的電話稍微減少，小張也才會有機會進會議室喘口氣。

針對如何溝通，主任整理出了三項重點，「避免討論到行兇細節、避免提供報導內容以外的任何情報、盡量讓民眾相信案情在掌握中，各位把握好這幾點守則。也幸好警方有確實逮到嫌犯，民眾會因此安心點。」

主任接連撕下白板上的便條，指示助理取消行程：「阿草打給廟方通知延後參拜、我負責和里長還有獅子會那邊聯絡——」最後點名心恬，「至於公主，麻煩妳連絡媒體或電視台，希望至少是可以敲下兩檔節目。」

「爸⋯⋯議員要上節目嗎？」

主任清了清喉嚨，「不，都由我去。」

「個人的網路節目也可以嗎?」

主任沉吟了一會兒,「盡量不要,除非是夠有影響力的對象。」

「好的。」

「之後,還要再麻煩妳草擬給我用的講稿,不用太細微,我會適當補充和修改。」主任叮嚀道:「內容要針對治安、黑道嚴厲的批評,可以略為談到議員和死者的關係,但不適合太過煽情,簡單帶過即可。」

心恬頻頻點頭,三名助理之中,她是主要負責聯絡媒體和公關應對的,從她的角度來看,主任這次判斷也和往常一樣精準,只管照做就好。

* * *

推開玻璃門進到騎樓,心恬滑開 Line 的通訊錄,開始選合作對象。前東家「新日新媒體」雖然在北部,但應該沒問題,他們有一檔平日晚上在 Youtube 播出,評論時事的政論節目,現在插隊應該還來得及,主任可以去這一檔,倒是安排如何哪一家的節目就比較難處理了,要讓主任趕得上又要符合「有影響力」的條件比較難。

一般來說這些政論節目都有固定的班底,這些班底評論犀利、妙語如珠,或者至少有高知名度,主任雖然口才不錯,而父親在地方上也是五屆議員,在黨內算是小有勢力,但以全台的範圍來說,「曾世熹的競選部主任」這個名字還不足以讓電視台臨時讓個位。

必要的話，可能要透過黨的公關部，向親在野黨的電視台插隊，不過心恬實在討厭公關那些人，寧可用自己的人脈先想想辦法。在心中列出了兩家因為過去工作，有所接觸且關係比較好的媒體，心恬漫不經心地撥了電話。

對方很快接起電話，「好久不見了。現在有辦法見面嗎？」

「咦？」

那個熟悉又令人恨得牙癢癢的聲音，令心恬的心跳停了一拍，一不小心掛掉了電話。她盯著螢幕，發現自己不經意間打給了前男友，而對方在自己掛掉電話後，立刻又回撥過來。

幾番天人交戰後，心恬接起電話，用最戲謔的聲音，劈頭就嗆聲，「崔文烏，你也是真的很沒尊嚴，不知道是誰說這輩子，不會再和我說任何一句話？」

比自己小兩歲，目前應該還是在兒福基金會任職的前男友崔文烏，用一貫的傲慢語調冷靜地回答：「如果妳很在意我當時的態度，我很抱歉。」

「你想幹嘛？」心恬沒好氣地說：「總結成一句話，要不然我掛電話了。」

「我想聊聊。」

這個回應成功激起了心恬的好奇心。

「再給你一句話的空間解釋，聊什麼？」前男友特地在上班時間打給前女友，一般來說這個的答案可能是「復合」，但他是崔文烏，一個可以主動甩掉千金大小姐的人，絕不可能這麼做。

「談談滅門案的事。」

談談滅門血案的事？心恬覺得好笑，難不成崔文烏也緊張了起來？

「我們主任有說，不會和民眾談論細節，你還是……」

崔文烏沒有理會心恬的軟釘子，而是話鋒一轉，「妳現在在議員服務處上班對吧？正好幫得上忙。」

心恬和這男的分手的時候，兩人都還在一家民間社福基金會工作，而她離職後才轉到老爸手下工作，那段時間兩人不再有聯絡，崔文烏不可能知道她現在在哪裡工作。

「為什麼你會知道……沈姊告訴你的嗎？」

「她怎麼可能在我面前說妳的事。」

「那是看我的社群嗎？明明已經把你刪了！」

雖然仔細地刪除手機裡崔文烏的任何照片，也把社群和兩人相關的一切都清除，但最方便連絡的 Line 卻連封鎖也沒有，這有多矛盾她很清楚，崔文烏也清楚。

「就算被封鎖，還是有方法知道的。」

「告訴我！」

「問阿鐘的。」

心恬氣得「嘖！」了一聲，崔文烏那個叫阿鐘的損友，是沒什麼本事的小駭客，但是特別擅長從社群偷挖個人的隱私。

心恬翻了個白眼，「所以呢？跟個小混混打聽我的消息，在上班時間打來騷擾我到底有什麼用意？」

崔文烏又打斷她的提問，「議員服務處，今天應該電話接不完。你們這些幕僚一大早就被喊進辦公室，不用說，當然是針對滅門案。一定要討論出各個面向的應對。」

「你怎麼……」

「現在還有空閒和我通話，除了因為妳不負責顧電話以外，大概是因為事件的討論度還沒有起來——頂多網路聊聊，沒有延燒到現實，所以來服務處的民眾還不多，大都打電話來關心，比較好打發。而且，傳出至少逮捕一人的消息後，民眾稍微安心，熱度也會冷卻。不過我想，時間接近中午，相關的報導一一出現，還是會有焦躁的、想找人聊聊的婆婆媽媽們擠進服務處，就連妳也會忙不過來。」

「你……」

「如果妳想問『為什麼知道妳不用顧電話』，那當然是用猜的，但我想我猜的很準，這種時刻，媒體資歷豐富的妳會被派去辦更重要的事……」

「夠了。」心恬努力裝出又累又怒的聲音，卻壓抑不住內心的期待，「快點說出你要做什麼，我很忙，快點說重點。」

「現在被當成嫌犯逮捕的那個男人……」崔文烏淡淡地說：「我從照片認出他——是以前基金會的孩子，孫趙，妳應該有見過他，那個時候妳還在協會裡。」

「誰會記得……」心恬話說到一半，調整說法，「除了你，誰還會記得那麼久以前遇過的小孩。」

「許老闆長期資助基金會、而被逮捕的孫趙曾是基金會的服務對象，一旦這層關係被嗜血的媒體發現，基金會會很辛苦。」崔文烏輕聲說：「我想妳懂的。」

「我不懂，你難道希望我工作的時候再多考慮基金會嗎？辦不到，你又不是第一天認識我。」心恬發自內心地表示，「要是牽扯基金會，可以讓服務處這邊的壓力小一點，我就會這麼做的。」

「我當然知道。」

「你知道還講這麼多？就問你會不會後悔？」

「妳不是問我的目的嗎？我這不就說了？」崔文烏冷冷地說：「而且妳也不用見獵心喜，大記者們馬上就會挖出這件事，我根本不在乎告訴妳這件事。」

心恬氣得掛掉了電話，要說為什麼生氣，她也搞不太懂，只是她無法忍受一個幾年沒聯絡的人，突然打電話過來說了一堆沒意義的推測，簡直就像是把她當成很好利用的女人一樣。即使主動掛掉電話，姓崔的還是傳來訊息：「妳是服務處的媒體公關對吧？幫我和他們牽線，最好是那個什麼新日新媒體。」

她怒吼道：「搞什麼東西！」

和討厭鬼講完電話，心恬只覺得又熱又煩悶，脫下薄外套後，盯著外邊來來往往的車輛生悶氣，或許還不知不覺地小聲吼出國罵。

「怎麼了，不順利嗎？」主任在這時也走進騎樓，一面點起了菸，心恬先是搖搖頭，察覺到暴怒的樣子被撞見，怒氣不知怎地消失無蹤。現在的她覺得有點沮喪。

「主任，我也要一根。」

與主任並肩吸菸的同時，心恬發了訊息給「新日新媒體」的主編，提及自己現在的工作，以及希望能安排主任上節目，談論「豆泉滅門血案」，很快就收到「沒問題！」的回應，並且得到主持人和節目助理的聯絡方式。

這也是當然的，總編就是好說話。

「先拿到連絡方式了，有總編保證應該沒問題。」一邊讀著訊息，心恬一邊說：「下午五點在台北的攝影棚，中午前會再確認好細節。」

「另一檔約到的話通知我。」

「好。」吸了兩口後，又覺得沒這個心情抽菸，心恬百般無聊地蹲下身子，找了個角落把菸捻熄，「這也再稍等一下。」

盯著手上的菸屁股，心恬真希望也能用力去擰崔文烏的腦袋。

「公主……心恬，妳還好嗎？」主任發揮他異於一般中年男子的感性，出聲關心心恬時，說實話，心恬只覺得很煩。

並不好，很久沒聯絡前男友打來跟我情緒勒索，而且我好像不能拒絕。

這種話根本不能對同事說，心恬隨口回答，「我很好，只是這起刑案讓我很不舒服。」

「我也是。」主任應該是信了，也開始發表看法，「要不是議員年底想選市長，我根本不想管這件事，更別提去上節目刷知名度的。」

「原來不是主任自己想去嗎？」

「當然不是，是黨部強烈建議的。」主任困在煙霧中的眼神愈發憂鬱，「說什麼這案件是議員的好機會，要鬧大才行。這種話也講得出來。」

心恬自己的看法倒是和黨部相同，治安破洞的議題太好打了，對父親來說不失是個機會。主任嘆了口氣，「妳看，我不是交代工讀生不要討論案情細節嗎？反正媒體會照三餐放送有的沒有的，先讓他們去做這些缺德事，到時候再跟著上節目起鬨，我的心情會好一點。我先進去了，妳忙妳的。」

到最後還不是要吃人血饅頭？看主任離去的身影，心恬覺得他的想法很矛盾，照主任的說法來看，就好像是把罪惡感推給黨部和媒體，她想，既然要做這份工作，這種事早晚要習慣才行吧。

回過神來，手機又震了起來。

「心恬嗎？好久不見了。」

「總編！好久不見，謝謝您幫忙，有什麼事嗎？」

希望不是排好的節目吹了，心恬的心跳慢了一拍，不過似乎不是這樣。

「是這樣的，我們有位記者，希望採訪豆泉刑案的事，妳可以稍微幫點忙嗎？妳現在在」

「是可以……」

剛剛才拜託總編牽線，現在心恬根本不可能拒絕。

「她算是菜鳥，看妳可不可以面對面給她一點建議，只要半小時就可以了，好嗎？」

幾件事情加在一起形成的重壓，令心恬後腦的某個部分不由得痛了起來，她一面用掌跟揉著患部、一面用疲憊的聲音一口答應。

讓總編再欠自己一次，絕對沒有損失。心恬拼命說服自己，接著百般不情願地主動聯絡那位所謂的菜鳥記者。

心恬和菜鳥記者約在附近的咖啡廳，她回辦公室抄起筆電，也不和主任打聲招呼，就往咖啡廳的方向走。

＊　＊　＊

六月的太陽已經毒到惹人難受，走沒幾步就滿身是汗。她和崔文烏分手的那天也是這樣，她渾身是汗回到公寓，卻看到姓崔的抱著自己的行李和筆電，在門口冷漠地望著她。

她問：「你要去哪裡？」

崔文烏沒有回答，打開筆電秀給心恬，上面投放著「記錄新聞獎銀獎——新日新媒體」的得獎紀錄和新日刊登的某篇報導。

那篇報導的標題是「種子和悲劇——弱勢家庭的社工難題」。

「想不到被你注意到了。」心恬聳聳肩，「就這件事嗎？我還以為是什麼嚴重的……」

「這件事不嚴重嗎？」

語氣冰冷之冰冷，足以令暑氣全消，心恬趕緊試著彌補，「文烏，我可以解釋……」

「這倒是不需要。」崔文烏慢條斯理地收起筆電，「我只要知道，妳偷走了孩子們的紀錄，用來寫這些沒用的報導。」

「你聽我解……」

「我說了不想聽，我會回家，有什麼東西沒拿走，妳直接丟掉就好。」崔文烏直直往門走，看也不看心恬一眼，短短的一瞬間，心恬注意到一件事，這是可以留下他最後的機會。

心恬用身體抵住門，裝作氣急敗壞的樣子，「孩子的資料，是我建議你寫的，而且我也有幫忙！那篇報導是我們共同的作品！」

崔文烏終於第一次正眼望著心恬，他微微蹙眉，表情比平時更陰沉。

他那個時候說了什麼呢？心恬已經想不起來了，只是從那以後，崔文烏就變成了欠錢不還、腳踏兩條船的渣男前男友，久而久之，心恬都要相信是她主動甩掉那傢伙了。

早知道不要答應將資料提供給「新日」寫報導——心恬從沒那樣想過，沒有那幾次的合作，賣給總編人情，她就不可能像剛剛那樣，輕易得到上節目的機會。

心恬的腳步停在咖啡廳前，透過玻璃窗，她見到僅一名年輕的女性坐在空蕩的店內，她直覺認定這就是總編口中的年輕菜鳥。

「幫我和他們牽線，最好是那個什麼新日新媒體。」

崔文烏不講理的訊息浮現在眼前，心恬咒罵了一句，推開門的同時，風鈴響起，吸引那名女性的注意。

第六章

「被監視了。」

這是刑警周強印下車時第一個想法，不過這種說法有點過頭，他只是隱隱約約感受到視線。

現在還在執勤中，員警的制服也很顯眼，會吸引注意並不奇怪，所以真的有可能是自己多心了，他停下腳步環視停車場，理所當然一無所獲，不過倒是注意到了近處的巨型白色建築。

國立豆泉醫院，豆泉市最大的醫院沒有之一。

注意力渙散的瞬間，小隊長離開駕駛座邁開步伐前進，腰上的車鑰匙發出了清脆碰撞聲。

「學姊，有人在偷看我們。」如果這樣說，小隊長又會怎麼回答？年約四十初的小隊長是強印心中的模範員警，遇到任何棘手事件，強印首先想到的都是小隊長的反應，再從那個反應去發想、應對，這樣做得出來的答案不一定是最佳解，但至少是不會有錯的標準解。

強印追上小隊長，兩人並肩而走。他高了小隊長一個頭以上，但是看到她那張堅毅黝黑的臉和毫無動搖的態度，無論誰都會明白誰是上司。

關於在停車場感受的錯覺，強印終究沒有問出口，這種曖昧的感覺並不重要，相信如果是小隊長，她也會這樣認為。今早爆出來的大案件才是真正的大事，以至於強印自動進入了「小隊長思考模式」。

昨晚，豆泉發生了一起滅門血案，前溪路上的許姓一家三口全數身亡，媒體稱之為「豆泉滅門血案」。他和小隊長是最早抵達現場的幾位員警，救護車比他們還早到一點，不過似乎已經放棄急救。根據救護人員的說法，在一片血泊之中，許家三人都被綁在椅子上，全都遭到子彈擊斃，頭呈現怪異的扭曲角度。由於丈夫身上掙扎的痕跡最為明顯強烈，死亡順序可能是女兒、妻子最後是丈夫。整個空間被翻箱倒櫃，現場非常凌亂，似乎在尋找什麼。還有一組凌亂的血腳印。

強印一面回想，一面試著模擬小隊長的思維。今早也由她面對媒體，對著數十台麥克風與相機，給出能滿足大眾的嗜血性，同時又不過度透露現場的完美答案。

豆泉是個小地方，分局幾乎所有人都是第一次經歷這種駭人的刑案，但小隊長的情緒一直很平穩，冷靜地指揮現場、調配人力，強印很佩服她的敬業、毫不動搖的態度，而且不像自己一樣會胡思亂想。

「阿強。」小隊長的聲音敲了強印一棍，他們已經進了醫院，駐足在一個轉角，「你稍等，我去見醫師，問問證人的狀況。」

強印還來不及回答，小隊長就已經消失在一道門後。強印非常不希望獨處，案發現場的畫面會在腦裡一遍一遍的重播，偏偏醫院裡又沒有什麼可以轉移注意力的物件。

四處走動的患者、陪同的家屬、醫護人員、志工，醫院雖然安靜，卻是個閒不下來的地方，這些人從眼界的邊緣冒了出來又消失，只令現在的他不安。

強迫自己打起精神的同時，在停車場體會到的異樣感又冒了出來。

肯定有人在盯著他。

強印維持著站姿，稍微擺動頭部確認四周，寬敞明亮的走廊，至少有三個人處在絕佳的監視點。

盡頭有個女人倚著牆邊滑手機，那個位置可以看清整條走廊，不過她穿著院內提供的拖鞋、皮膚蒼白且四肢消瘦，像是一開始就在醫院，而非從停車場一路尾隨。

有個老人雙眼微瞇，坐在二十步外的耳鼻喉科候診區座位候診，如果身旁的拐杖不是裝飾的話，想必也不是這個人，畢竟停車場很安靜，拄著拐杖的聲響一定很明顯。

那麼，老人身後的可疑男人就是監視者嗎？扣除女人和老人，剩下唯一一名在附近逗留的人就是他。毫無疑問戴著口罩，看不出長相，但從身材判斷應該是男性。他或許在候診，那漫不經心的態度和向下的視線都很低調自然，強印幾乎又要再度相信自己又產生錯覺了

——

然而下一秒，強印和他對上視線，而他主動移開，在強印眼裡，就像是心虛的表現。

「果然是在監視吧。」這種感覺越來越強烈。但事實上，就算是跟蹤或是監視他們，除非明顯妨礙到公務，否則強印等人也無法採取更進一步的行動。

為什麼要監視他們？為什麼要跟到醫院？比起疑問，更多的是憂慮，不過強印更最憂慮

的一點，還是這一切目前都只是想像。

「阿強，我們走。」

小隊長走出了房間，後面跟著一位年輕醫師。強印吞了一下口水，再多看了一眼可疑的男人，現在，他已經不再掩飾自己的視線，大膽的盯著強印等人，一開始走動，他也慢慢起身。

「這邊請。」年輕男醫師面無表情地帶路。

「去見證人嗎？」強印小聲地問，小隊長點點頭，「醫師給我們半個小時，但注意音量，也避免提到刺激到他的事。」

強印陷入了天人交戰，儘管想再追問證人的情形，但他認為在那人附近談論案情可能不太合適，短暫陷入沉默。

小隊長抬起一邊眉毛，「這不像平常的你呢，阿強，我一直在等你提出一點想法，你很聰明，就算隨口說些什麼都很有幫助。」

強印苦笑，雖然很感謝小隊長信賴他的能力，但現在他真的不想這麼做，「不好意思，學姊，一次發生太多事情，我還沒有整理好心情。」

小隊長抬起另一邊眉毛，兩道眉毛都快隱到瀏海裡了，「這更不像是你會說的話了。也不是不明白你的心情，但是這種時刻更該打起精神。不能保證這種事今後不再發生，要做好心理準備，任何場面都是。」

小隊長八成是在影射某件事——他在案發現場吐了出來，儘管小隊長語氣中沒有責備的意味，但強印依然感到尷尬。全是因為在現場時，他依據種種跡象率先發現兇手的殺人順序，可能是女兒、妻子到丈夫，想到他們臨死前的絕望，就真的感到非常非常難受。

強印就這樣保持安靜，小隊長聳聳肩不再追問他一反常態的態度。他們最後停在一間個人病房前，門前站著一位看守的警員，和小隊長簡單打了招呼。

醫師手搭上門把時，嚴厲地重複，「由我先和患者說明。再強調一次，考慮到患者的情況，請你們避免提及任何過激的描述和提問，他有腦症盪，要避免刺激。」

小隊長點點頭，強印感到一陣緊張，她的意思不是「我保證不會這麼做」而是「我知道了」，只希望眼神犀利的醫師不要發現他的心虛。

＊　＊　＊

進到病房，意外發現這裡的風格和外邊不同。這間單人病房燈光昏暗、牆邊也堆著雜物，他們要找的證人癱軟在深綠色的床上，脖子和頭部都裹著繃帶，右腳也包了起來。

小隊長拉過來一張摺疊椅，坐到了病人枕邊，強印站在她的斜後方。

小隊長溫柔地開口：「于勝，你好，我是豆泉分局小隊長劉惠結。打擾你了，現在有沒有好一點？」

劉姓證人虛弱、誠實地說：「沒有。」

劉于勝，現年二十二歲，室內設計行學徒，豆泉滅門血案，住宅內唯一的倖存者。根據替他鬆綁的發現者說詞和現場情形，警方推斷他在案發前遇襲，接著被綁在案發現場樓下整晚，是距離案發現場最近的唯一證人，因此他的證詞至關重要。理想情況下，證人可以指認兇手的聲音或是容貌，甚至可以幫助警方重建犯案過程。

不過，小隊長和強印都覺得機會不大。

心狠手辣的犯人殺光許家卻沒有殺害劉姓學徒，儘管不知道是什麼理由，但能推測犯人認為他提供的證詞，成不了有效的證據，畢竟沒有人會特地留下一個「可以消除」的證據。

「很抱歉在這種時候打擾你休養，但是我們現在很需要你，很多事只有你才可能會知道。或許會讓你回想到比較難受的回憶，造成你的負擔，受不了的時候千萬不要勉強，你的身體比較重要。」

強印明白小隊長的言下之意是：直到真的支撐不住為止，請你全力協助。

小隊長再補上一句，「我們會錄音存證，並且製作成筆錄，但這不是最正式的偵訊，你不要過度緊張。」

強印觀察著學徒深呼吸，他劈頭就問：「抓到兇手了嗎？」

媒體早有報導「抓到重大嫌犯」，但這間病房沒有電視，他也肯定沒有辦法用手機得知外界資訊，依照那名醫師謹慎的性格，大概也沒有告訴他案情的進展，會這麼問也不意外。

不久前的最新消息，警方收到了線報，指出兇手是十九歲的役男「孫趙」。緊急出動的偵查隊也在孫趙家中發現了做案用的改造手槍，一切看起來很順利，卻並非如此。

孫趙完全沒辦法提供有用的證詞。他的證詞很模糊，雖然否認犯案，但也沒有辦法詳細交代昨晚的去向，案情有些膠著，現在需要證人給出更多線索。

強印看了小隊長一眼，不愧是她，依然毫無動搖，只短短一句回應：「我們取得了不錯的進展，相信很快就可以釐清案情的全貌。」

這句話的涵義則是「不告訴你」，強印認為這樣回答有些無情粗暴，但也想不到更好的回覆。

「你能指認犯人的樣貌或聲音嗎？」

「我很抱歉，我沒有看到犯人們的臉……他們的對話音量小，聽起來也很模糊。」學徒幾乎是咬牙切齒地說：「對不起。我對不起老闆，我幫不上忙。」

為了掩飾失望的表情，強印別過頭，小隊長繼續和學徒詢問細節。

從他零碎的記憶之中，強印得知犯人不只一人，且都帶深色球帽、口罩行動，他們團隊合作無間，迅速襲擊正準備回家的學徒。

「好像有人在咳嗽，但我真不確定。」

這個證詞有些幫助，或許代表其中一人「確診」也說不定。小隊長指示他繼續說。

「昨晚，老闆留我下來吃飯……在客廳看了一會兒球賽後，我才下到一樓。」儘管雙眼疲憊無神，學徒依然清楚地說明，「我沒有開燈……一片黑，頭突然被痛打，四肢都使不上力……接著被童軍繩之類的綁緊，嘴裡被塞上布……動不了也喊不出聲。」

「我好像有聽到樓上傳來巨大的聲響……我真的很怕、非常怕。但我的頭更痛，我盡力保持清醒，可是沒過多久，我就昏或是睡過去了。」

「你是幾點被打的？」

「晚上八點多或是九點……也可能十點，我不確定。」

「你一路昏迷到早上嗎？」

「我好像重複清醒又再度暈厥。我短暫醒過來的幾秒有試著叫喊，還想辦法打開鐵捲門。可是我真的沒什麼力氣……而且大概是深夜的原因，沒有人來。直到最後一次，我聽到清晨的鳥叫，所以全力大喊，終於吸引到路人來幫忙。」

到了這裡，都和警方推論的差不多。學徒倒是漏了一個部份，一樓的鐵捲門是開的，他應該用了某種方式，在被五花大綁的情況下，想辦法觸動鐵捲門的開關。

經強印提醒，小隊長和學徒稍作確認，他似乎想辦法抵著牆站起身，並且用肩部按壓開關。小隊長到了這個時候，終於問了一個最敏感的問題，「你好像去看了樓上的情況對吧？頭以外的傷是那個時候造成的嗎？」

他首度陷入了沉默，強印希望不是因為問題太尖銳的關係。

「我無論如何都想親眼確認他們怎麼了。」學徒無力地說：「我被恐懼折磨了整個晚上。」

「我了解。」

「你不了解。」學徒說：「老闆、老闆娘和小姐都是好人，我很震驚，真的很震驚……看到那樣的景象……所以我……」

強印在心裡替他補完，「所以你走近確認，卻踩到血，最後滑倒跌下樓梯，摔斷脖子和一隻腳。」

話還沒說完，門外傳來敲門聲，醫師推開門走了進來，「抱歉打擾，結束了嗎？超過三十分鐘了。」

小隊長示意強印按停錄音筆，「不好意思，大致上可以告一個段落了。」

「于勝，謝謝你的協助，幫了大忙。」小隊長站起身，附在學徒的耳邊輕語，「還請好好休息，接下來就交給警方。」

學徒閉上眼，兩名員警也沒有多留，離開病房。

＊　＊　＊

回到走廊，醫師再度強調，「他的狀況並不好，這是第一次和警方會面，如果有第二次，我希望可以等到他身體狀態恢復。」小隊長隨口說點什麼安撫他，替下次的會面鋪陳。

等到那名醫師一走遠，小隊長馬上問強印：「你想到什麼了嗎？就我看來，他的證詞和現場情況沒有矛盾之處。」

強印壓低音量回答：「真正的陳屍地點離樓梯有點距離，如果腳底留有血跡，明顯是他走近時踩到的。願意靠近這麼慘烈的現場，大概代表他真的很在乎死者一家。」

「我同意。」

強印繼續小聲地說：「我一開始認為那位學徒有可能是犯罪者們的一員，為了消除自身嫌疑逗留現場，現在看來大概是我多心了，他的行為符合邏輯又充滿人性。」

「你的顧慮很有道理。能排除學徒的嫌疑，這趟來的不虧。」雖然小隊長這麼說，但強印很清楚，針對這次案件，小隊長提出的搜查方向和上級指示的完全不同，雖然表面上沒有矛盾，不過他們明顯引起某些人的不悅。

小隊長似乎還想說些什麼，但是她瞥到走廊一個鬼祟的身影，將本來想說的話吞了回去，「我和局裡聯絡一下。」

那個鬼祟的身影就是先前那名可疑的男子，他果然還在，而且似乎不再打算掩飾自己。強印認為，他可能是想趁機接觸自己或是小隊長，既然如此，強印便打算自行創造獨處的機會，再看他會如何反應。

「那我去一趟廁所，學姊可以先回停車場等。」

也不等小隊長點頭同意，強印逕自走向附近的男廁，也正如他的猜想，男子緩慢地跟了上來，強印假裝沒有發現。

拐進男廁，毫無尿意的強印站到小便斗前，用眼角餘光瞥見男子到洗手台前整理儀容，老實說，他的一舉一動簡直可疑到可笑。

雖然做好了和他會一會的準備，不過強印卻沒有想好如何開口，只好暫時偷觀察他。

男子應該比自己年輕一點，三十歲上下，戴著口罩看不出來長怎樣，不過眼神有些陰沉，整體身材算是細長。

他盯著鏡子，用強印聽得一清二楚的聲音突然開口：「兇手很可能一開始不打算殺人。」

他在跟我說話？

由於太過震驚，強印來不及反應。男子沒有看強印，盯著洗手台的某個角落自顧自地繼續說：「案發現場是住宅區，雖然現在人們不一定可以對槍聲做出反應，但開槍肯定不是個好主意。雖然不清楚犯罪者的目的，不過既然有複數名犯罪者，綁架、要脅都可以輕易達成，也可以將那一家人帶離現場。這種時候，槍最好的用途還是用來威嚇，擅自開槍很蠢，更是不顧計畫和夥伴想法的自滅舉動。」

雖然情報匱乏，但是他說得卻意外的精準，令強印不禁皺起眉頭。

強印離開便斗，走向男子反問：「你為什麼知道這麼多細節？你有什麼目的？」

「我知道的，新聞都有寫。」

「新聞有寫？不要騙人了。」強印當然不相信新聞會寫得這麼詳細，但男子沒有回應，於是強印又問，「那你又是為什麼要在醫院跟蹤我們？」

男子依舊沒有正面回答，「我只不過是來醫院碰碰運氣，碰巧遇見你們。」

「不要做這種事，你只會妨礙調查。」

強印聽不太懂碰運氣的意思，嘴上在檢討男子不應該偷聽，但卻對他的推論抱持著高度興趣，他仔細打量男人，發現對方也在打量自己。

「你究竟有什麼目的？」

「我相信孫趙是無辜的，僅此而已。」

「孫趙？」

聽見這個名字，強印驚訝地脫口而出，「我們可沒有公布姓名！」

下個瞬間，他就意識到大事不妙，自己竟然間接承認了嫌犯的姓名，假如對方是名無良的記者，最壞的情況下，局裡的立場和搜查會變得愈發艱困。

「孫趙」是警方目前逮捕到的唯一一名嫌犯，一部匿名送達警局的影片，拍到了孫趙撿拾掉在地上槍械的模樣，而他本人也無法交代昨晚的行蹤，所以先被帶回局裡。關於他的清白，雖然強印沒有特別的想法，但小隊長似乎抱持強烈懷疑的態度。

「根本不需要姓名，早就被肉搜出來了。」

不對，據強印所知，目前還沒有這樣的消息。

「你認識孫趙嗎？」

男子沒有回應，朝門前移動，並在離去前將某張紙片放在烘手機上方。

「不用花心力去抓兇手。」

他離去前拋出這句話，強印總覺得他掌握了某種關鍵。

「這是什麼意思，你在威脅我？」

「不是威脅，而是預言。我再加碼一個預言，你們會收到孫家的求助，雖然是小事，但還是拜託你們來處理。」

語畢，男子離開廁所，強印翻起了那張紙片。

「名片？」

這名鬼鬼祟祟的男子「崔文烏」的職業令人意外，原本以為或許和徵信社有關，想不到卻是想也沒有想過到的，他在課後輔導基金會「護芽基金會」擔任社工。

如果這上面印的是「職業偵探」，也許強印還不會這麼驚訝，他還真想不到有那雙死魚眼的男子是怎麼和孩子相處的。

全是謎團。

＊　＊　＊

邊走邊看著手上的名片，強印步出男廁時大意了，小隊長意外地在出口等他，強印雖然及時將名片收起來，小隊長還是捕捉到他可疑的動作。

「學姊，怎麼了嗎？」強印心虛地問，小隊長聲音悶悶地說：「事情不太妙，孫姓青年被肉搜，住址、年齡都被查得一清二楚。」

看小隊長的表情，就知道還有更糟的在後頭，果不其然，小隊長接著表示，「還有，他被定義成『逃兵』。」

強印完全摸不著頭緒，「為什麼？雖然他收假未歸，但至少有合理的請假理由啊？」

「我也不知道，阿強。我只希望這個標籤不會刺激民眾。案子以外拜託不要再生事端。」

第七章

「祈庭，下一步有什麼打算？」

總編這麼問的時候，祈庭腦中其實是一片空白。

「在剛剛，一位我們很優秀的前同事連絡我，相信她能帶給你更多的協助——要把一切都挖個透徹才行。」

在總編口中的「支援」到來之前，祈庭閒不下來。

要建立起孫趙的人生意外的簡單，但同時很無趣。手中握有孫趙的畢業紀念冊，很輕易就知道班導師的名字，打去豆泉國中詢問，馬上就能和班導通話。

豆泉國中的班導很健談，聽到祈庭自稱是記者，態度也沒有明顯的變化，但聽到孫趙的名字卻開始支吾其詞。

「唔……妳說他是我的學生？四年前的？」

「是的，他現在是重大刑案的『參考人』，我們希望可以理解他過去求學的一些背景。」

「哪一起案件？」

「今早發生的豆泉血案。」

對方似乎有些說不出話來，祈庭等他回復冷靜。

「四年前的話，好像有個這樣的學生沒錯，我翻一下手機裡的照片，看能不能想起個什麼。」

「老師沒什麼印象呢，他是很低調的學生嗎？」

「畢竟每兩學年，都會接觸數十到數百的學生，就算是班級導師，我也只對特別皮的孩子特別有印象。如果本人現身的話我會想得起來，但突然談到名字就有難度……有了，有畢業紀念冊的電子檔……孫趙……」

「稍微想起了點什麼嗎？」

「不是什麼重要的事情，妳可能會失望。我印象中，他成績不算好但很安靜、安分，算是個聽話的好孩子。如果當時妳和我說他以後會被牽扯到刑案，我是不會相信啦。」

「就這樣?他有沒有和班上的誰特別好？家庭背景呢？」

「我沒有他和班上同學混在一起的記憶。家庭的話，記得是單親，家境清寒。」

「這樣啊……那他畢業後去了哪間學校？」

「我想是豆泉高商吧，他的成績大概落在中下。」

「我明白了，非常感謝您。」

「對了，假設真的想更認識他的話，事實上還有一個管道，和學校不完全相關的。」

就是這個!原本還覺得沒有更多材料好寫，但是竟然有管道可以認識學校以外的孫趙！

祈庭嗅到了新聞氣息。

「還請告訴我，拜託您了！」

那名班導想了一下沒有馬上回答，聽語氣，似乎有些別的話想說。

「記者小姐，可以的話，請不要寫太惡劣的話，和妳分享並不是希望妳塑造成所謂的『成魔之路』，而是希望社會可以有足夠的材料，來去判斷我的這個學生。」

祈庭想都不想就答應，「我知道了。」

「……妳可以打電話去『護芽基金會』，這所基金會在學校附近，是所社福機構未滿、補習班以上的慈善機構。護芽長期和學校合作，試著接住學校無法幫助到的弱勢學生，要是我沒記錯，孫趙在這間基金會待了很久。我們這些學校老師，也經常要視察基金會。」

「護芽基金會……」

「再度麻煩妳，用公正的角度去報導那個孩子。」

國中班導提供的資訊特別無聊，雖然可以加進報導裡，卻無法放在標題吸引人。祈庭一面敷衍、一面掛掉電話，接著就是手伸到鍵盤前，用手指飛快的完成一篇新聞「獨／豆泉滅門血案嫌犯還在服兵役　新訓中心：收假未歸非逃兵」並發稿。但還來不及欣賞這篇新聞的流量表現，某人推動了玻璃門，清脆風鈴晃動。

進到咖啡廳的女人，是臉上帶有一絲憂鬱的大美女，一雙白皙長腿讓祈庭也看得兩眼發直，不自覺的縮了縮自己的短腿。美女在豔陽之下香汗淋漓，一進咖啡廳先是在吧檯前緩一緩呼吸，再掏出絲質手帕輕輕拭汗。

美女一連串的動作優雅，祈庭直覺認為對方應該是某千金大小姐，既然家世不一般，那想必不會是公司的前員工吧。擅自下了結論後，祈庭將視線拉回筆電螢幕上，然而一回過神，美女已經站在眼前。

「妳就是祈庭嗎？」美女的嫣然一笑，比起外頭的艷陽更難以直視，「妳們總編希望我幫點小忙。」

祈庭結結巴巴地說：「請……請坐。」

美女自在地坐在祈庭正對面，她的坐姿也很端正，年紀可能比自己大個五、六歲，渾身散發自信與智慧，祈庭一時不知如何是好，桌上擺著的，剛剛乾完的三個咖啡空杯令她相當尷尬，直到對方率先掏出名片夾，祈庭才趕緊用滿是手汗的手，從皮夾掏出自己的名片交換。

一看名片，祈庭瞪大雙眼，「曾心恬」小姐，這個甜美的名字正是總編提及的協助對象，但上面的工作職位令祈庭震驚——「曾世熹市議員競選助理」，曾議員從祈庭還小就是在地議員，依據祈庭稀薄的印象，議員好像有位千金，難道就是眼前的曾心恬？

「曾小姐……」

「叫我心恬就好。」

祈庭舔了舔嘴唇，盡量和緩地問，「心恬姊和議員是親戚嗎？」

曾心恬淡淡地說：「議員正是家父。」

「那以前怎麼會去當……」

其實很想問為什麼會去當記者？下一個問題想問如果父親選上，妳會試著挑戰議員嗎？不過這兩個問題，並不適合與初次見面的人閒聊，祈庭一邊尷尬地笑著打住，一邊收起名片。

「對我當過記者這點很好奇嗎？」曾心恬應該是被問習慣了，也用不著祈庭發問，她就主動回應，「也不是什麼特別的原因，只是家父希望我能在三十歲以前多累積各式各樣的工作經驗，除了記者，我也當過社工、辦公室助理，別看我這樣，還蠻擅長交際的，也許總有一天會繼承家父的工作，替豆泉一帶的民眾服務也說不定。」

後面那一段是用有些戲謔的口吻說的，祈庭不免去想是不是在開玩笑，不過這不重要，她很好奇這樣一名前途無量的大小姐，會為她帶來怎樣的協助。

曾心恬點的飲料也是和祈庭一樣的美式黑咖啡，這點令她倍感親切，想著兩人終於有共同點了。曾心恬從隨身的提袋取出筆電，細長漂亮的手指飛快地在鍵盤上遊走，不一會兒便開口，「妳寫了不錯的報導呢。」

「謝謝。」再度受誇獎的感覺真的很好，祈庭喜形於色，「也可以說是運氣好，拍到了好畫面。」

「對記者來說，沒什麼運氣好的這種事。」曾心恬淡淡地表示，「只有在對的地方出現對的人，然後用正確的方式記錄下來。」

這句話讓祈庭心中的崇拜升到最高點。祈庭有事先上網查過曾心恬的資料，發現她曾經以自由記者的身分，和新日的記者共同撰寫一篇得到新聞獎的報導，從那篇得獎作「種子和悲劇——弱勢家庭的社工難題」來看，八成是曾心恬在擔任社工時，以自身所見所聞完成的。離開媒體業後，卻還能保持敏銳的新聞嗅覺，眼前這名美女千金，可能是祈庭作為女性的理想型也說不定。

想到這，祈庭便迫不及待地發問：「關於這次的案件，心恬姊還知道什麼內幕嗎？」

出乎意料的，曾心恬搖搖頭，「很抱歉，我知道的不比妳還多，雖然總編希望我來幫忙，但就我的立場來說，恐怕只能給一些比較空泛的建議。」

這句話替祈庭的滿腔熱血澆了冷水，但她沒有放棄，也不打算放棄，「沒關係，空泛的建議也很好，心恬姊的話想必很有用處。」

「剛剛服務處的主任已經說了……希望我們謹言慎行，不過……」曾心恬的臉上再度浮現出憂鬱，祈庭總覺得她很不情願，猶豫了一會兒才開口，「我不能再多說點什麼，但是你可以去找我以前的同事——他在這方面比較沒有包袱。妳有查到護芽基金會嗎？」

「護芽基金會」！祈庭脹紅了臉問：「那位同事知道什麼嗎？」

「我也不太確定……不過有件事要告訴妳。」曾心恬這麼說的時候，總覺得她不懷好意，「告訴妳能打擊那個男人的一句魔法話語。」

＊　＊　＊

「我們逮捕手上唯一的嫌犯的唯一證據，就是仰賴不知道誰傳來的告發影片。」員警強印看著小隊長劉惠結望著手機螢幕發呆，她喃喃自語：「結果什麼也沒查出來。除了一把黑槍啦。」

「這也是沒有辦法的。」強印表示，「學徒那邊沒辦法取得有用的證詞，另一方面，拘留進局裡的嫌犯因為確診高燒，什麼都沒辦法問清楚。」

明明應該是最缺乏人手的時期，但是負責組織調查小組的副局長一派和承辦案件的黃檢察官搜查方針不一致，導致指揮混亂，兩邊的人手都不足，從醫院探視完證人的他們接到命令，被納入黃檢的調查小組，正在辦公桌前待機。

強印倒是手沒有閒著，而是邊聽錄音筆的內容，邊在報告上記錄下學徒的證詞。

強印努力不要說出「根本沒有進展」，但小隊長不客氣地說了出來，「沒什麼成果呢，不過副局長並不是這麼想。」

手機正播放著副局長的記者會，他針對逮捕役男嫌疑犯這點似乎非常得意，不斷地堅稱已經有了大幅度的進展，相信很快就可以逮捕到歹徒。

「……從案發現場的情況和證人證詞來看，估計有三到四名嫌犯，依據可靠的線報，目前已經逮捕持有作案槍械的嫌犯……」在大會議室裡，副局長面對數支攝影機口沫橫飛地吹噓：「……我們還額外從嫌犯房間搜出大量的槍械模型，和案情有什麼連結，持續在調查中……」

「我聽說嫌犯是軍事迷，搜出來的『槍械』不大都是真的模型嗎？為什麼要強調這點？」強印皺著眉頭明知故問，小隊長搖搖頭，一本正經地回應，「聽起來聳動正好，那些記者，眼睛肯定都發直了。」

記者會直播的鏡頭是正對著副局長的，但強印不難想像記者們興奮的神情，並且順勢拋出尖銳的提問。

「請問這次的事件，是否有幫派涉入？」

「基於偵查不公開，這方面不多做解釋。」

「警方所收到的告發線索是？」

「我相信有部分媒體已經收到同樣的線索了，就不多做回覆，只是希望盡可能不要釋出相關內容，這對案情沒有幫助。」

「逮捕的孫姓嫌犯是槍手嗎？」

「重複一次，案情的細節無可奉告。」

「孫姓嫌犯疑似是現役役男，然而致電軍方高層沒有回應，針對這點有要補充的嗎？他是逃兵嗎？」

「關於嫌犯身分的問題，一切都在調查中。」

「在現場生還的證人，請問他的情況如何？」

「經醫師診斷，有腦震盪和多處外傷，不過情況穩定，也能夠應付警方的訊問。」

剩下的問題就是些不重要的枝微末節，強印也不再關注。原本很不高興副局長在案情似乎有所好轉時，才親自面對記者，不過看完記者會，強印反倒冷靜不少。

他嘟噥著：「副局長表現的……比想像中好一點。」

要說是中規中矩，確實也是，至少強印沒找到什麼失誤，不過他不相信副局長親自上陣，就只是為了開這場不慍不火的記者會。

小隊長沒精神地問：「比我好嗎？」

強印一時分不清楚這是在開玩笑還是真正的喪氣話，支支吾吾地說：「我對副局長的標準比較低。」

「你說誰標準低？」這時黃檢一邊擦汗一邊走了過來，強印趕緊住嘴，他的臉色看起來很糟，還一直碎念。

小隊長立刻問：「黃檢，怎麼了？」

「你們的副局長！」

「副局長怎麼了？」小隊長表示：「我想他沒有犯大錯吧？」

「如果他只是媒體公關，剛剛的表現至少有八十分，可惜不是。」

「召開記者會前，他要秘書處發新聞稿，宣揚我們抓到重要嫌犯，但那位青年什麼都還沒有說！」黃檢轉動粗壯的脖子，「確診的事情不是編出來的，如果是這樣，昨夜他參與犯罪的可能就非常低。」

強印掏出手機，點開分局的網站，最新消息有篇新聞稿，內文寫道：「……本局已經逮捕一名重大涉案人士，並且查扣凶器與房內大量槍械模型……案情已現曙光……」

原本以為「房內搜出大量槍械模型」的消息來自某家媒體，想不到還是局裡自己發出來的新聞……副局長的野心終究讓他不顧反對，洩漏一部份的調查。

想到秘書處的阿鐘被逼著發這篇稿子，強印就替他感到難過。

表面上並沒有太大的問題，但強印知道，有了這篇新聞稿，接下來要是沒有迅速宣布破案，那位青年、軍方、警方都會面臨更強烈的輿論攻勢。當然，也有可能那名青年吸收了所有輿論砲火，反讓警方更好辦事。

小隊長問：「副局長帶回來那位青年，現在狀況如何？」

「確診發高燒中，只是躺在醫護室裡，不是可以訊問的狀態。帶去驗尿也沒用，沒有吃奇怪的藥。」黃檢呻吟道：「沒有結果還硬要說取得進展，真的是蠢斃了，還要寫什麼『出現曙光』，更是難以想像的愚蠢。」

強印追問，「黃檢，對於嫌犯，目前我們有什麼了解？」

黃檢看了強印一眼，表情有點困惑，強印這才稍微介紹自己，小隊長也幫腔，「黃檢，這位是我的得力部下……」

「我知道，你是強印吧？抱歉一時想不起來名字。」黃檢幽幽地說：「目前只知道嫌犯是義務役役男，沒有上大學、平時跑外送、興趣是收集槍械模型，僅此而已。」

這麼單純的背景，實在很難想像會涉案，就算在他房間找出作案的槍枝也一樣。

「為了找出嫌犯和那把槍以及死者一家的關係，副局長那些人現在認定是孫趙在軍中交了壞朋友，打算徹查。」

小隊長接話，「……等於是和軍方槓上。」

「沒錯。」黃檢的臉越來越紅，「他們的目標是徹查孫姓青年的交友關係，弄清楚為何他會把凶器藏在家裡，我想大部分人不覺得槍是他開的，但確實也是個調查方向，雖然……」

黃檢打住，沒有說出評語，強印清楚不會是什麼正向的評價。

「我打算繼續調查許老闆的社交圈和各種利害關係，儘管會比孫姓青年那條路更複雜，更加務實可靠得多，我早上只是問了幾間許老闆合作過的廠商，就有不少人表示，許老闆政商關係良好，很容易從政府那邊搶到標案，反之，在同業結下樑子的人物不少。我打算請求台中總局的合作，從這個地方調查。」

「另外，他也時常捐給幾個慈善團體，受到最大幫助的則是一個課後輔導性質的基金會，我真替他們感到可惜，許老闆在這個方面是好人。」

「如果說……」黃檢瞄了一眼四周，小聲地說：「如果說有任何想法，不用客氣，盡量和我提，我會聽進去的，不像你們副局長，滿腦子都覺得自己做得對、滿腦子想著升官。」

有任何想法都可以提。

強印摸了摸皮夾，裡面夾著那張護芽基金會的名片，想到在醫院莫名其妙的男人，他肯定和這起案件有某種程度上的關聯，而且絕頂聰明。名片的背面還有一串電話號碼，他嘴巴張開卻又闔上。強印很明白那名男人是刻意引誘自己打電話過去的，他還不想這麼早就落入對方的圈套。

＊　＊　＊

離開醫院後，回到協會稍作休息，文烏瀏覽分局的新消息，最新的新聞稿寫道：「……本局已經逮捕一名重大涉案人士，並且查扣凶器與房內大量槍械模型……案情已現曙光……」

所謂的證物就是兇器嗎？許家是遭槍擊而已，兇器想必是槍枝沒錯吧？下了結論後，文烏持續瀏覽各大社群和論壇，關注豆泉滅門案的新聞，尤其是提到孫趙資訊的部分。基本上，這名「孫姓青年」已經被當作是兇手對待，留言充滿了謾罵。原本還在擔憂孫趙被肉搜出身分後，會受到何種對待，文烏馬上注意到一則剛剛貼出的新聞。

新日新媒體六月十五日上午十點整

「獨／豆泉滅門血案嫌犯還在服兵役　新訓中心：收假未歸非逃兵」

記者張祈庭／台中報導

豆泉分局宣布在上午七點多宣佈逮捕一涉案重大嫌犯後，於八點半正式發布新聞稿，因接獲線報，從孫姓男子（十九歲）家中搜出犯案凶器，並於現場直接逮捕孫嫌。

孫嫌一年半前自豆泉高商畢業後，以打零工度日，目前仍與父親同住。兩個月前接獲兵單，現應在中部的新訓中心服役，然而昨天收假日卻逾期未歸，依照新訓單位同時發布的新聞稿，孫男係因確診，並非逃兵，據悉，相關單位會介入調查。

記者實地採訪孫嫌就讀過的豆泉高商以及南泉國中，班導師對於孫男的印象皆不深，但並非是外向的學生，不約而同都表示他是「安靜的孩子」，且交友圈不廣，難以想像會和幫派、黑社會有關係，甚至是涉案。

孫男是否涉案，與案情有何關聯，尚待警方更近一步的調查。

有了這篇貼文，已經不難想像孫趙將會受到排山倒海的惡意了，文烏開始認為，孫趙現在被帶進警局反而是好事。

「鈴鈴鈴鈴鈴——」

突如其來的電話聲嚇了文烏一跳，不過他馬上反應過來衝去接，這通電話或許正是他期待的。

「護芽基金會您好！百忙之中打擾您，我是新日新媒體的記者張……」

「新日新媒體？」文烏打斷她，心情有點複雜。接到這通電話代表前女友確實提供了協助，將自己介紹給記者。為什麼那個人願意這麼做，大概有什麼理由，文烏只希望她不會反過來要求回報。

話又說回來，前女友竟然是提供協會的電話而不是自己的手機號碼，幸好有接到。

「是的，我是新日新媒體的記者張祈庭。」

隨手迅速搜尋這個名字，出現了兩篇和孫趙有關的報導

「獨／豆泉滅門血案嫌犯還在服兵役　新訓中心：收假未歸非逃兵」

「獨！直擊豆泉血案現場血腳印　員警驚嚇過度大出洋相」。

「原來是寫滅門案那些報導的。」

那兩篇報導都是有強烈煽動性的，尤其是後者，看文字就知道對警方很不友善，但會是吸引民眾點閱的標題，能夠寫出這樣的報導，代表張祈庭大記者可能是追求流量的吸血鬼。

「是……是我沒錯。」

對方開始緊張了起來，看來自己看過報導、記得她的名字，讓她提防了起來。流量吸血鬼也會怕自己的報導觸怒人嗎？文烏明白這時就絕對不能退縮，一定要主動出擊。

「妳希望挖一些那個孩子在基金會的新聞，對嗎？」

一陣短暫的沉默。

「不是嗎？我想妳應該是從某個地方知道被捕的青年，過去曾經是基金會的一份子對吧？」

「請問您的大名？」

「敝姓崔。基金會的社工，已經有五年以上的年資。」

「崔先生，您誤會了，我只是希望可以藉由採訪他過去待過的機構，讓民眾更加認識他，而並非只是把他當成是嫌犯。」

實在是蹩腳的藉口，而且根據各大論壇的討論，民眾不只是把「孫姓青年」當成嫌犯之一，而是當成兇惡的槍手吧。文烏認為張祈庭就是查出孫趙的身分，害他陷入不幸處境的元兇之一。但文烏並不生氣，這是絕佳的機會。

「妳現在在台中取材嗎？可以見個一面嗎？我想當面受訪，才能更好的表達他的故事，尤其是內容很長也很複雜，單純電訪的話，我怕會失真。」

文烏斟酌著說法，希望「內容很長又複雜」的說法可以釣到張大記者。

對方似乎是猶豫了一下，才用比較肯定自信的語氣回應，「沒有問題，我現在人就在豆泉，您可以任意指定一個地點，完全可以配合。」

文烏有些振奮地握拳，和記者認識，可以說是計畫中最重要的一步，要是沒有接到這通電話，他就要跑案發現場或者局裡試著去找。

「現在馬上可以見面，不如我去找妳好了。」

張記者給出了一間咖啡廳的名字，並且留下了聯絡方式。文烏的腦子全速轉動，首先是幾個模糊的人名，接著是幾個絕妙的，與犯罪有關的點子浮現在腦海中。

第八章

在中部鄉鎮豆泉發生的「豆泉滅門血案」，由於殘酷血腥的案情加上選舉活動的操作，這起案件已然成為媒體的新寵兒，傳統媒體和手機社群全天候放送些捉風捕影的情報，不說還以為這起案件，讓台灣一夕成了犯罪天堂。

不過「流量就是財富」……這句話是老闆從前公司「偷」過來的，他做得又更極端一點，由於老闆沒有集團的品牌包袱，在各種議題都能夠暢談，完全不怕官司或是得罪人。

唐詩年手握方向盤，用眼角餘光偷瞄無精打采躺在後座的老闆，因為他掌握的豆泉血案嫌犯情報，被媒體搶先揭露，心情非常的差，一直用詩年清晰可聞的聲音喃喃自語。

「好討厭喔，『新日』怎麼搶先我們發新聞了呢？好不容易收到了有趣的爆料……不過這或許代表他們不蠢吧。這位張記者看起來做了不少努力，領死薪水的不見得都是傻子呢。啊，濕黏黏，不是在說妳喔，妳超聰明、超有能力的，所以才會破例錄取妳，而且我也常常分紅不是嗎？妳不算是領死薪水啦——這麼說可不是在刷妳的好感度喔，當然妳要這麼想也可以啦。」

已經說過三百次不要再叫「濕黏黏」了！詩年第兩百次暗自發誓有機會，一定要痛揍老闆一拳。

除了充當司機以外，詩年還身兼秘書、企劃、媒體公關、小編、剪輯、司機等工作，老闆的錢賺得非常非常多，給她的薪水也算大方，但相對的工作量巨大無比，而且死都不肯多請人手。

像是剛剛，她就要趁在休息站小憩時，親自用「濕黏黏小編」的超爛化名在社群軟體上發布貼文，文案的每個字都要自己想，偶爾還要回應粉絲的留言，這些工作甚至是要在停紅燈的空檔完成的，而付錢的大爺還在後座睡大覺。

早知道不要聽老爸的話，來這個傢伙手下工作了，雖然自己的學歷只有高中畢業，工作難找，但總比一天到晚聽這種廢話來得好。

現在逼近中午，飯都還沒有吃，就要載著老闆開車到台中，在途中老闆還一直碎碎念個沒完，耳朵就要長繭。

老闆躺在後座椅子上，無精打采地問：「所以說，我們應該早一點上影片嗎？這樣就不會被媒體搶先爆料了。」

詩年還在開車，但還是做了個類似聳肩的動作，「可能吧，但當時的材料實在太少了，而且領先軍方和警方爆料過多情報，我們和情報的提供者都會惹上麻煩，搞不好又要跑法院。」

雖然這麼說，詩年倒是很肯定這人絕對不在意跑法院——反正是詩年開車接送。

至於所謂的情報提供者，就是老闆在各地的粉絲。詩年的老闆杜澤水是小有名氣的自媒體影音工作者，主要發布影片的地點是 Youtube 網站，他的粉絲眾多，光是付費會員專屬的 Line 群組，就依北、桃、中、南、高分成高達五個群組，順帶一提，祈庭也是共同但更為操勞的管理人。

根據各個群組的回報、粉絲私訊以及他自己養的線民的小報告，老闆掌握到的消息可說是全台最詳細、豐沛。

「這次的案件很有意思呢，看起來就像是背後有『黑的』介入。」

「有收到這樣的爆料嗎？」

「沒有，所以我說看起來。」老闆打了個哈欠，「我會找當地的朋友問看看。」

「有什麼想法嗎？」

「想法喔？那個吧，我隨便猜啦，警察現在的調查方向分成兩種，一種是想辦法從役男身上挖消息、一種是當包打聽，把死者一家所有的客戶、合作對象全都刷過一遍。」

雖然老闆是個爛人，不過他的直覺向來很穩，人脈也非常的廣，要是他這麼說，那就是這樣沒錯。

「那我們等一下要做什麼?重複警察的調查路線嗎？」

「差不多是這樣沒錯，不過役男在局裡，問不到本人，所以折衷一下，我們來當孫姓役男的包打聽。」老闆慵懶的翻身，「從街訪開始吧，問鄰居、問路人，問啊問個不停。影片標題就是『街訪!豆泉慘忍滅門案在地居民真實心聲』，老樣子，直播開著，延遲至少半小時播放。」

老闆出色的直覺，總是體現在題材的選擇和拍攝手法上。詩年一聽就覺得相當吸引人，這種做法一定會招致有良知的民眾批評，但更多的民眾會喜歡看這樣的題材。

不管是市長候選人論文門事件、知名影星辱台事件、知名歌手約砲事件，老闆都能瞬間想到有趣但不道德的點子，付諸行動，利用這些事件賺一筆橫財。

話說回來，這人到底幾歲啊？他是老爸的朋友，聽歌喜歡江蕙，看棒球支持一度解散的味全龍，一定有個四、五十歲，但是他依然對年輕人的愛好很感興趣，身材也保養的很好，詩年實在看不太出來。

「我要小睡一下，到豆泉的曾世熹議員服務處再叫我。」

據說是有熟人可以協助在豆泉的拍攝作業——透過後照鏡看著老闆躺臥的背影，詩年相當好奇老闆到底有怎麼樣的人生經歷，聽說去「新日」工作前，好像曾經在電台工作過？

＊　＊　＊

「文烏，你要找的人，我已經搜出來在哪了，順便也請人幫你顧。」

「謝啦，阿鐘。還有，我要再確認一次，如果告發的影片造假，你看得出來對吧？」

「那當然，文烏，不管用 deepfake 換臉或是用剪輯程式加工，讓還原程式跑一下就好。」

「好。如果能從記者那邊拿到影片，我第一時間寄給你。」

「確定記者手上會有影片嗎？」

「不確定，但我覺得可能性十足。第一，很難相信告發者只寄給警方而不寄給記者；第二，警方召開記者會時，有警告媒體不要放出影片，這代表他們手上有。」

「就算他們手上真的有影片，會願意交出來？」

「如果不願意的話也沒有辦法，到時候我會嘗試別的方式。」

「但是文烏，你真的覺得影片造假嗎？」

「警方特地在記者會上施壓媒體，可能代表他們格外不希望影片曝光，我想影片本身可能就難以取信於大眾。」

「這不過是推測。」

「我能做的就是不斷推測，去做我辦得到的一切。」

「不管怎麼樣，警方還是聲稱找到了凶器不是嗎？如果影片造假，那又是為什麼可以找到凶器？」

「我有很多種推測，這些都可以解釋，但終究也只是推測。你真的要聽嗎？」

「不了，好像很複雜……不過，我真的好奇為什麼你要這樣做？」

「因為我相信那個孩子是清白的。這樣就夠了。」

「唉……有你在挺，真的是那個人的福氣。」

「要是有福氣，就不會被逮捕，所有人的矛頭也不會指向他。」

「也對……你在哪？汽車聲音好明顯。」

「一間咖啡廳外面，在等人。」

「怎麼不進去等呢？今天超熱！」

「……大概不行，天知道我前女友也在裡面。」

「你說曾心恬？」

「……正是。」

＊　＊　＊

整間店裡只有曾心恬和坐在她對面的另一名年輕女性，文烏很清楚前女友的工作是記者，現職又從事政治工作，因此年輕女性非常有可能也是前來採訪的記者——與文烏約在咖啡廳的張祈庭。

文烏巧妙取位，在人行道上找了能看到咖啡廳內部，內部卻無法瞧見的角落，暗自祈禱前女友盡快離開，然而在烈日下枯等十多分鐘，依然不見曾心恬有離開的跡象，從她在座位上皺眉苦思、敲打鍵盤的樣子看來，或許是在撰寫某類文章。而張祈庭頻頻樣外張望，大概是在苦等自己。

沒辦法。文烏無法繼續等，於是主動聯絡張祈庭，變更採訪地點。可以的話，他其實不想這麼做，誰也很難保證不斷提出要求，會不會加深對方的戒心。

十五分鐘後，他與張姓記者在附近的公園，公園中央大池塘旁的涼亭見面。接近中午，沒有人頂著豔陽在公園散步，考慮到比咖啡廳更不會有人打擾，這裡是更好的地點。

記者進到涼亭，先是取出手帕稍微擦拭額頭，之後再坐上涼亭的木椅，手上的筆電提袋則是放到石桌上。

大概是因為時常外出採訪，張姓記者的皮膚略微暗沉，她身材嬌小、眼皮下掛著很深的黑眼圈，與她聲音中傳達出的活力不相襯。張祈庭硬擠出微笑臉遞出名片，文烏拿出自己的交換。交換名片的儀式讓文烏感到彆扭，在醫院也好、在基金會時也好，明明提出辭職卻又自稱是基金會員工，實在是矛盾。

「張小姐負責追這起案子嗎？妳的報導非常詳細。」

聽到正面的評語，張祈庭的神情稍微放鬆了，「是的，我是豆泉案的特派記者。」

「妳是豆泉當地人嗎？」

「你怎麼知道？」

面對張祈庭的質問，儘管明白她提高了戒心，文烏也只是聳聳肩，「猜的。」

張祈庭一臉不信的樣子，她重重吐氣後主動開口，「崔先生，感謝你接受採訪，關於訪問的內容，我再說一次，是關於豆泉那起案子被逮捕的嫌犯。」

「是妳查出他的身分對吧？甚至還循線查到我們基金會。妳很厲害。」

張祈庭會想採訪基金會，大概和前女友有關，想必她不知道能查到基金會，是吃上了文烏放出的餌。聽見文烏稱讚，她自豪地微笑，「也是倚靠點運氣才辦到的。」

「張小姐，在我回答妳的問題前，我有些問題想先問妳。」不給記者時間拒絕，文烏逕自尖銳地詢問：「妳認為我過去的學生就是兇手嗎？」

張祈庭油條地回應，「我想警方掌握了確切的證據才逮捕他。」

「妳想必對警方十分信任，這點我無話可說。下一個問題——」還是不給時間反應，文烏連珠炮地問：「警方認定的嫌犯的故事，對媒體來說有什麼值得報導的新聞點嗎？」

張祈庭有些遲疑地回應，「合理、適當地補充他的求學背景，我想可以降低大眾的恐慌，如果可以理解一部分動機，也可以降低社會的敵意。」

「不愧是記者，口才真好。」文烏緊接著表示，「相較之下，我的嘴比較笨。雖然妳想從我這裡挖掘新聞，但我在基金會的工作型態，充其量只是需要定期家庭訪問的補習班老師，能夠告訴妳的，只有孫趙一小部分學習情況、尚未成熟時的人格特質以及五年前的家庭狀況。」

文烏看到對方的臉些微脹紅，知道自己的話被聽了進去。

張祈庭硬是擠出一個問題，「請問孫姓青年小時候是個怎麼樣的人？您對他的印象深刻嗎？」

「雖然他離開約五年，但基金會接觸過的孩童我都有印象。他其實是很普通的孩子，個性比較內向，可能比較難以融入群體，除了校園生活外，心思大都放在鑽研自己的興趣上。」

「他的興趣是？」

「槍械模型和軍武知識。不過他著迷於外型，對實際的殺傷力並不敢興趣。」

張祈庭不置可否地哼了一口氣，文烏繼續說：「某些內向的孩子，心底會藏有某種攻擊性或是創傷，但是孫趙沒有。他有的是極度不自信的內心以及一種依附感。舉個例子，我們基金會過去曾經來公園郊遊。」

「郊遊？」

「是的，那是基金會的慣例，在寒、暑假時會多找時間帶學童出來走走。那個時候，給所有人都發了飼料，餵養池子裡的鯉魚，所有人都很樂意的餵了，但是孫趙一直到我要求他盡快動作，他才撒下飼料。並非是為了要保留或是有什麼想法，純粹是需要人來推他一把。」

張祈庭從涼亭邊緣探出頭，望著池塘水面下悠游的鯉魚。

「你認為要是沒有人逼迫，他就不會涉案嗎？你想說他只是一個被利用的槍手？」

「假設他真的涉案，那想必有人拉他入夥，而拉他入夥的人，想必令他產生某種依附感，就像當時要他投餵飼料的我一樣。警方到現在找到這個人了嗎？」

張祈庭雙眼發亮，「沒有，難道您還有其他的想法嗎？」

「我聽說孫趙高職畢業以後沒有升學，大都打零工維生，幾乎沒有機會長時間接觸人，更別提對人產生依附的情感。唯一有辦法的地點……」

「你是說……兵營嗎？」

「也許吧。」

「只是幾個月的役期，會產生強烈的依附感，甚至令他願意涉入槍案嗎？」

「要是朝夕相處，我想不無可能，軍營裡畢竟是一種封閉的社會。」文烏稍微緩了緩，留個幾秒讓張祈庭思考，「如何，這樣有新聞點了嗎？比起追逐孫趙的過去，他現在經歷了什麼，不是更值得報導嗎？」

張祈庭的雙眼在短短一瞬間出現光彩，文烏沒有錯過，而那股光彩來得快去得也快，她有些沮喪地說：「如果可以知道他的軍旅生活那最好，但是幾乎沒有採訪的手段。」

「有的。」

張祈庭震驚地看著文烏，他緩緩地表示：「孫趙入伍的時間和單位應該可以查得到，只要知道這兩點，再找我過去的服務過的孩子們詢問即可，豆泉這一帶的青年大都會進成功嶺服役，高機率有人待過同單位，並且有班長或是輔導長的姓名和聯絡方式，接下來，去找那些長官就可以。」

看得出張祈庭滿心期待。文烏心想，她的表情真是豐富，如果不是演出來的，像她這樣想什麼都寫在臉上，簡直和孩子沒有兩樣。意外的有些許好感和些微的罪惡感。

「如果是這樣的話——」張祈庭興奮地表示：「或許能和其中幾位談一談……」

「所以，我想提出交易。」文烏打斷張祈庭的思緒，「用孫趙的輔導長的地址，交換你們公司的新聞材料。」

「您已經知道地址了?材料又是什麼?」也許是作為記者保護情報的職責，張祈庭臉上的喜悅已經煙消雲散，取而代之的是警覺，「要看是怎樣的內容，我可以和總編討論。」

「說是新聞材料也不太對，那並非是可以上報的內容。我想看到告發孫趙的影片。」

照張祈庭如今的茫然表情來看，或許撲空了?

「你認為我們有收到影片?」

「是的。需要知道我的根據嗎?」

「不了，你這麼一說，我也覺得應該會有……」張祈庭掏出手機，「你等等，我請示一下總編。」

張祈庭前腳剛離開涼亭，文烏就用最快的速度從她的提袋內掏出筆電，在USB插孔放入一個小巧的，沒有仔細看絕對不會發現的接頭，根據阿鐘的說法，待會兒電腦啟動後，會自動下載接頭裡的螢幕畫面擷取程式，並將畫面傳送到阿鐘的電腦中。

如果電腦的防毒程式成功攔截接頭的程式，又或者張祈庭並不是用筆電調出影片，那就是白忙一場——不過，文烏願意下這個賭注，他需要那部影片。如果失敗了也無所謂，那就是再用別的材料想辦法打動記者，直到取得影片的檔案為止。

只花了幾十秒，張祈庭就結束通話，並帶來好消息，「總編說，確實有收到告發影片，她說如果和輔導長的資料交換，就能讓你看。」

「只能看嗎？」

「只能看，總編也不會傳檔案過來，會用分享螢幕畫面的方式播放一次給你看。」張祈庭瞄了手機一眼，並從提袋摸出筆電，這個動作讓文烏的心臟都快跳出來了，「等你提供輔導長的資料後……」

文烏手指飛快地在手機上滑動，打上他和阿鐘合作查出的輔導長的名字、年齡、住址和簡易的家庭狀態後，再將畫面遞給張祈庭閱讀，「這樣就可以了吧？」

張祈庭並沒有發現電腦啟動的時間比平時更長，也沒有發現縱使天氣炎熱，文烏的背後也濕得不尋常，電腦成功啟動的同時，文烏假裝一個不小心將石桌上的錄音筆撥離桌面，隨著張祈庭的一聲驚呼，錄音筆剛好落在她的懷中。

「真對不起……」

「小心一點！」

張祈庭直到最後也沒有發現的小型接頭，已經又回到文烏的掌心。約三分鐘後，電腦螢幕播放了所謂的告發影片，影片結束後十秒，阿鐘傳送了「成功！」的訊息。

第九章

給崔文烏看到的影片沒什麼特別的，影片內容是疑似是孫趙的路人掉落了疑似是槍枝的物品。祈庭同樣是第一次看，要是沒有任何提示，她根本也不會將這部影片和豆泉血案進行連結，就是某人撿起地上物品的一般監視畫面。

她感到無趣，倒是崔文烏似乎相當滿意，祈庭不由得發問：「你好像有收穫？」

「可以這麼說。」一名叫崔文烏的社工，表情一直都沒有太大的變化，「可以從這部影片得知很多事。」

總編一直播完就關閉畫面，無論是崔文烏或是自己連看第二次的機會也沒有，她很難相信有人能夠如此神通廣大，在短短數秒的模糊影片中得到有用的資訊，另一方面，她也很難相信區區一名社工可以查得到輔導長的資訊。

根據方才崔文烏提供的情報，輔導長名叫高頌華，現年28歲，現職是國軍輔導長，服務單位是成功嶺第十軍團的新兵單位，住在豆泉知名住宅大樓「車馬大樓」旁的巷子一棟三十年老透天。

不只是查出姓名、年齡和住址，甚至連定位也辦到了——提供這些寶貴情報的崔文烏補充：「我請了朋友在他的家門外等待，很確定他在家。」

「他的心情想必跌落谷底，由於服務的連上新兵孫趙逾期未歸，並且還捲入重大刑案。連長下了封口令不准連上任何人接近媒體，他當然不打算這麼做，直到收假回營為止，他大概不會遠離家門。」

「你連他休假的時間都知道嗎？甚至能夠判斷他的想法？」

「……我認識一個朋友，他很會搜尋社群網站上的個人公開資料，從他的貼文來看，這幾天大概不在營內。想法也只是推論。」

特別強調「公開資料」，在祈庭看來就是欲蓋彌彰。祈庭做為記者，也不是沒有用網路上的公開資料肉搜過，但崔文烏熟練的程度，彷彿經常在做這件事一樣，區區社工會需要這些技能嗎？這令她再度緊張了起來。

「你如何收集資料，可以解釋的詳細一點嗎？」

「我應該說過了。過去帶過的孩子，他們有幾位也當過兵，並且和孫趙待過一樣的單位，所以能夠從他們口中問出長官們的名字。」崔文烏不厭其煩地解釋：「幾位班長、連長、輔導長之中，就只有這位高頌華在營外休假，剩下的要不是找不到，不然就是人在營內。」

在那一瞬間，與其敬佩崔文烏的行動力，祈庭更感到腦袋裡的警鈴大作。崔文烏早就瞄準了這名輔導長了，甚至做出了不少努力。

你到底有什麼目的？祈庭差點就要傻傻地問出口，但作為記者的本能讓她閉上嘴。無論這人是用什麼方式挖情報也好、有什麼打算都無所謂，只要能帶來獨家——

祈庭一言不發地收起筆電，作勢要離開涼亭。

「等等，我也要一起去。」崔文烏擋住了涼亭的出入口，「不會給你添麻煩的。」

祈庭注意到縱使天氣炎熱，崔文烏身上也出了太多的汗，而自己則是心涼了半截。

她不得不逃離這個地方，「請借過。」

「只要妳答應我就行，拜託。」

焦躁的心情和莫名的恐懼，逼得祈庭心慌意亂，在這個時候，不由得吐出曾心恬給的，惡魔般的話語，「就是因為這種態度，妹妹才會離家出走。」

話一說出口，祈庭就後悔了。「妹妹離開」這種話題就算不懂內情，也知道不是可以隨便說出來的。崔文烏低下頭，眼神黯淡許多。

「對……對不起……我是聽曾……」祈庭不由得地道歉，崔文烏戴上了口罩，八成是要遮掩表情，「我或許太強勢了一點，妳很不舒服嗎？」

祈庭只能點點頭。

「我對那位輔導長的調查太過深入，讓妳嚇到了？」

祈庭繼續點頭。

「我會改進的。」崔文烏解釋道：「我原本就打算和輔導長見上一面，所以才特別進行調查。至於想跟著妳去是臨時決定的，我想我太著急了。」

崔文烏的態度由強硬迅速轉變為坦率，這樣劇烈的變動令祈庭錯愕，原本被疑懼壓抑的好奇心又再度燃起，「為什麼你想見他？你又是在急什麼？」

「如果我仔細說明，妳能考慮讓我跟著去採訪嗎？」崔文烏的表情與肢體語言，總覺得異常熟悉。祈庭答應他之後才想到，那樣低著頭、視線游離且身體前後搖晃的樣子，像極了所謂「做錯事的小學生」。

＊　＊　＊

大約十多分鐘後，祈庭與崔文烏並肩在窄巷走著，走過斑駁的牆影和一間無人管理的土地公廟，最後抵達了一間麵攤。

「這間是輔導長的家嗎？」

「不，但這間是輔導長家最近的小吃店。」崔文烏表示：「午餐時間，吃個飯再走吧，而且我必須和妳說明我的目標不是嗎？找個地方坐著吧。他人不會跑掉的，不用急。」

「為什麼這麼肯定？」

「我有請住附近的朋友注意他的行蹤，況且現在輔導長隨時會被叫回軍中，我想他應該不會離家太遠。」

「又是你朋友？」

「是住在附近的一般人。」崔文烏淡淡地說：「花了點小錢請他幫忙。而且我想吃個麵也許會有收穫。」

雖然聽不懂崔文烏在說什麼，祈庭嘆了口氣，「好吧，我也有點餓了。」

老闆端上兩碗肉羹麵後，兩人一言不發地開始享用。而高架在天花板角落電視，此時正播放著滅門血案的新聞，其他桌的客人也在討論這個話題。隨手滑手機，可以看到新日新媒體社群上的留言大都是毫無意義的謾罵，不過留言的數量超乎尋常，祈庭總覺得旁邊在討論案情的人，應該轉頭就會去找某個留言區放上幾句氣話。

這種熱烈的氛圍使祈庭的記者魂熊熊燃燒，現在可不是悠閒地吃麵的時候，崔文烏究竟什麼時候才要好好解釋呢？除了他的目的以外，是否還知道什麼內情？

祈庭拿捏開口的時機時，崔文烏瞥了一眼手機，接著用眼神和手勢示意祈庭看向櫃台邊。祈庭見到了一名壯碩、理著平頭，穿著休閒的年輕男性在點餐。

那個人，祈庭在崔文烏提供的資料上見過，正是他們的採訪對象，高頌華輔導長。

這就是崔文烏口中的收穫嗎？祈庭有種感覺，崔文烏一直都在等輔導長離開家買飯。這種時候只要跟在後頭，就有更高的機率令對方接受採訪，這也是為什麼要派人守在輔導長的家附近。

輔導長也點了一碗麵，坐下享用時，則用略顯陰鬱的表情盯著電視螢幕。

這時的報導，指出孫姓青年的私人帳號被民眾的各種負面留言洗版，以前就讀的學校、為數不多的社群好友也都被海量的私人訊息騷擾。孫姓青年現在大概還在局裡，不過不管他是不是無辜的，現階段他都已經社會性死亡了。如果崔文烏的目標是想杜絕這些傷害，他的挑戰相當艱鉅。

「妳要在這裡等？還是到他家對面等？那裡是條小巷子，巷口有座廟。」

看了看桌上的空碗，祈庭回答：「去那裡吧，在這裡乾等很不自然，店家會不開心。而且比起等他用完餐之後尾隨，我們提前過去等人比較不會令人反感。」

離開麵店，遠遠就能看到小小的土地公廟，廟前方幾張破爛的藤椅，一名年輕男子百般無聊的滑著手機，而他們一接近，年輕人注意到崔文烏立刻起身離去。他離去以後，除了一名婦人正在替巷口的盆栽澆水，放眼所及沒有任何人在。

「剛剛離開那位，就是負責監視的朋友？」

「沒錯。」

坐上崔文烏朋友離開後空出來的藤椅，祈庭劈頭就問：「說吧，為什麼要做這些事？」

「哪些事？」

「每一件事。硬把我約出來見面、用情報跟我換影片、調查這位輔導長還派人監視……你的動機是什麼？」

「我以為妳想知道別的。」崔文烏顧左右而言他，「我的事情可沒有新聞價值。」

「你說的對，但我承認比起這起案件，你的事讓我更好奇。」這番話一說出口，祈庭自己都意外，「區區一名社工，為什麼要來淌這趟渾水？不要說只是為了很久以前的服務對象……」

查覺到崔文烏嚴厲地瞪著自己，祈庭猛然住嘴。凌厲的眼神只出現一瞬間，崔文烏很快地又回到沒什麼情緒波動的一號表情。

「那麼，妳希望聽到什麼理由？換個角度來說，另一個理由更合理那就行了嗎？」

「我不是那個意思……」

「還是說，妳想知道我經歷了什麼，才打算為了五年前認識的孩子努力？」崔文烏悶悶地表示：「如果是這樣，我不知道該從哪裡開始，也不知道該在哪裡結束。」

祈庭想再說點什麼，被崔文烏打斷，「倒是能告訴妳我的目的。我想讓那個孩子能盡快回歸正常生活，這是為了他，當然也是為了我自己。這樣妳能接受嗎？」

盡快回歸正常生活，代表你認為他是無辜的嗎？

雖然想繼續問下去，不過背後傳來腳步聲，已經用完餐的高頌華在這時走向巷口，所以祈庭來不及問出口。她著急著要起身，卻被崔文烏拉住，「等等。」

方才在巷口澆花的婦人搶先一步喊住了高頌華，「華仔！吃飽了嗎？」

高頌華的表情一看就知道很不想回應，但還是勉強說道：「吃飽了。」

兩人的聲音不大，但這是寧靜、連車都不會經過的小巷子，一字一句都能傳到祈庭耳裡。

「你在當兵對不對，你有沒有聽說那個犯人的事啊？」

「犯人？」

「就是那個孫什麼的，你有沒有聽過這個人？聽說是役男，好可怕！」

「會嗎？」

「會啊！你看他的照片！」婦人從口袋掏出手機，從祈庭的距離絕對看不到，但微微俯身去看手機螢幕的輔導長，臉色更加難看了。

「怎麼會有這張相片？」

「里的群組傳的啦，是不是他？」

「阿姨，我就直說了。他確實是我們連上的，但他在營裡很安靜，操課沒出過什麼問題，就是極度不適應營區的生活，沒有朋友，也不會和人聊天。」

「聽起來糟透了！」

「不，就是一般的宅男，性格也許再更陰沉一點。」高頌華搖搖頭，「你覺得這樣的人會是兇手嗎？我想他不是壞人。」

「如果他不是兇手，兇手不就還在逃？」

看到輔導長啞口無言的樣子，祈庭差點笑了出來，而他馬上換個說法，「這只是我的看法，他在我心中不像是兇手。不過既然落網了，那就不是無辜的。」

「我覺得他有問題，光看照片，就覺得這樣的人竟然也會去殺人，真的好可怕。」

「阿姨，沒關係了啦，既然他都落網了，不就沒事了？」

「可是……要是再出現像他這樣的人怎麼辦？」

「有了這次的教訓，警方會將豆泉顧更好，豆泉會很安全的，阿姨，別擔心了。」

阿姨帶著擔憂的表情離去，看來輔導長的安慰沒有效果。他的臉上則是寫滿了無奈和疲勞，從口袋摸出菸抽了起來，兩眼無神地望著腳邊的盆栽。

＊　＊　＊

見機不可失，祈庭和崔文烏上前接觸輔導長。

祈庭掛上採訪用的甜笑，「高頌華班長你好！打擾您了，現在方便嗎？」

「我不是班長，是輔導長。」聽到錯誤的稱謂，高頌華果然停下腳步，皺起眉頭糾正，「你們是誰？為什麼認識我？」

「我是新日新媒體的特派員，午安！」祈庭遞出名片，高頌華沒有收下，盯著上面的字又問，「記者？你們怎麼知道……算了，不重要。不好意思，我很忙。」高頌華一面試著打發她，一面想辦法回家，但是崔文烏擋在巷口。

「那位『孫趙』好像就是你的部下，沒錯嗎？」

「很抱歉，我沒什麼好說的。」

「我們剛剛聽見你和那位阿姨的談話了，似乎不是這個樣子。」

「呼……」高頌華吐出最後一口菸，剩下的菸頭用熄菸器捻熄，「那先回答我的問題。你們怎麼知道我？又怎麼知道我住哪？現在的個資這麼不重要嗎？」

「是我查出來的。」崔文烏說：「我向你帶過的新兵問到年齡與名字，之後再從你的社群照片推論住址，基本上只要拍到豆泉一部份街景，我都可以知道在哪裡。」

高頌華一臉不相信，「你也是記者？」

「不是。」

「不是？」

這樣的開場效果很不錯。祈庭主動邀請輔導長坐上藤椅暢聊，他看了一眼手機，似乎還在猶豫。

「我沒有接受採訪的理由，倒是有不接受的理由。」他說：「要是我說了什麼被報導，會被連上長官電翻。」

「還是解釋清楚一點吧，關於孫趙的事，雖然你和剛才那位大嬸已經說了夠多的內容，但我們畢竟是旁聽者，不敢保證能確實理解你的意思。」崔文烏指著祈庭，有些油條地說：「你也知道，所謂的記者都是流量的奴隸，你說的話會被切割、重製成任何他們想要的樣子。他們的目標是有價值的粉絲數和點閱，不是廉價的真相。」

高頌華深深地嘆了一口氣，祈庭則回嘴，「我才不會這樣子！」

在半推半就之下，三個人到土地公廟前的廣場，各挑了一張藤椅就坐。

「剛剛的照片是怎麼回事？」一坐下，崔文烏就提問，祈庭有些不高興，她理應才是主導。

「照片？你說阿姨拿給我看的那張嗎？你等等，好像是傳到我們這個里的好康群組……」高頌華打開通訊軟體，滑了滑後遞給祈庭和崔文烏看群組裡的某張對比圖，圖切割成左右兩部分，左邊是警方逮捕孫趙時釋出的打碼照，右邊則是孫趙的解碼清晰照片。

圖片上寫著「這就是被執政黨教育荼毒的年輕國軍」。

看到照片，祈庭有些傻眼網軍竟會幹這種操作，崔文烏則是喃喃低語：「現在甚至成了政治攻擊的素材嗎？看來……」

看來崔文烏又有新的鬼點子了。祈庭忍住不發問，而是取出錄音筆開始採訪工作，「請您不要理會剛剛的玩笑話，相信我和新日。關於孫姓役男，一定會出一篇真正正確的好報導，杜絕奇怪的流言。」

高頌華輕蔑地笑了一聲，明顯是不相信，「具體來說，妳打算知道他什麼事？新日的報導我有看，基本把孫當成兇手在寫，不是和流言一致嗎？一開始的新聞還姑且用『孫姓嫌犯』代稱，但不知道是什麼時候也不知道是誰，公布了他役男的身分還有全名，造成新訓單位的電話直接被打爆。這不都是你們的報導造成的嗎？」

祈庭因心虛起了雞皮疙瘩，不理會對方的諷刺硬訪下去，「我明白了，那麼，首先可以說說你對這些孫姓青年的印象嗎？」

「我再重複一次，總之就是不太擅長交流，團體生活中的邊緣人，絕對不會惹事，或許能順利度過軍旅生涯的人。」

「按照您的敘述，孫姓青年很低調呢。」

「沒錯，不過我們其實不喜歡這樣的新兵。說是低調，但他其實封閉了自己和外界的接觸，軍隊是長時間、高控制度的團體生活，可以的話交朋友不是壞事。」

「我明白了。下一個問題……」由於來不及擬訪綱，祈庭必須絞盡腦汁想適當的提問，「您認為孫姓青年會是兇手嗎？」

「我認識的他不像是殺人犯，我也只能這麼說。」

接下來，祈庭又問了幾個無關緊要的問題，高頌華都配合地回答，他很聰明，口語表達也很清楚，是極好訪的對象，但回應整體來看依然很無趣，雖然可以寫一篇關於孫趙真實性格的報導，大概也會吸引一些關注，可是毫無爆點，這趟感覺是白跑了。

「我的提問到這裡為止了，感謝您。」

問完了，但崔文烏似乎還有什麼想說的，剛剛到現在他都沒有認真聽。

「你有什麼想問的嗎？」祈庭問道，崔文烏調整了一下口罩，「可以嗎？那我直接問了。孫趙的役期剩多久？」

突然切換訪問者，高頌華還是配合地回覆，「應該是一個多月。」

「新訓結束了？所以他沒有下部隊嗎？」

「我們這裡採取『一訓到底』，四個月的新兵都會待在成功嶺直到役期結束。」

「他在營裡表現得好嗎？精神狀況是否穩定？」。

「偶爾很低落，但是不難發覺並改善。跟他單獨聊天的時候，感覺個性雖然不好相處，不過和每一梯都會有的天兵相比，腦子蠻正常的。」

「實技和體測成績，他的表現如何？」

「我沒有直接參與課程和操練，不過考慮他的身材，體能方面只能說是中下吧，使用槍械的話我不確定，但我記得他是軍械班的，保養、組裝的基礎動作比起其他新兵應該算是熟練。」

「他和槍械班的同袍處得如何嗎？」

「這我不知道。」

「他和他的班長相處如何？」

「大概也沒什麼特別的……等等。」頌華托腮想了想，「話說回來，我記得他的班長不是軍械班班長，他可能是自願加入軍械班的。」

這個答案彷彿就在崔文烏的預料之中，他點點頭，「我明白了。我問完了，謝謝。」

「不好意思，自願加入這點麻煩不要寫進去。」高頌華提醒祈庭，「這是我的推測，不是事實。」

「她不會的，你放心。」崔文烏補充：「如果看到報導有什麼不滿，可以打給她。」

被擅自掛保證，令祈庭臉上無可不免地露出不悅的表情，但她快速切換，盡量和顏悅色地說：「放心，我是專業的記者，臆測或是誇大的假說都不會出現在我的報導裡，如果有疑問也歡迎隨時通知我，馬上修改。」

祈庭和崔文烏作勢要起身，崔文烏卻被高頌華叫住，「你不是記者，那你又為了什麼出現在這裡？」

崔文烏似乎在想要不要好好回答，高頌華又問：「你似乎和孫趙熟識。」

「我必須回答嗎？」

「我剛才不是也很配合嗎？禮尚往來不難吧。」

崔文烏坐回藤椅，「好吧。我曾經是社工，服務的基金會提供免費的課輔服務，而且供餐。孫趙曾在我們收容機構待上一陣子。」

「曾經？你離職了？你現在是記者的助手之類的嗎？」

「不，我早上提離職的，現在差不多是無業遊民。」

不只高頌華，連祈庭也皺著眉頭驚呼，「你離職了？」

崔文烏不耐煩地說：「對，怎麼了嗎？」

「你沒說！」

「沒必要跟妳說。」

「等等，兩位，不要吵，等我問完問題回家後，妳們吵多久都可以。」高頌華似乎越問越起勁：「為什麼你們不相干的兩人會一起行動？」

祈庭想試著解釋，但發現有點難度，簡單來說就是崔文烏纏上來，而崔文烏也沒有隱瞞，如實回答：「我要求她帶我一起採訪。有專業的記者在場，方便我問我想知道的。」

高頌華繼續問：「為什麼會挑上我？明明有很多位長官。」

崔文烏猶豫了一下回答，「我向以前服務過的，並且在成功嶺當過兵的學生詢問孫趙的事情。有人知道孫趙是哪一梯，知道梯次和單位後，再從另一人問出你的名字。聽說你是個很細心的人，肯定能回答我想知道的事。最重要的是，剛好也住豆泉。」

聽到自己被肉搜，高頌華理應感到反感的，但他不只不反感，祈庭看得出來，他對崔文烏展現出的執著有些感動。

「你是多久前認識孫趙的？」

「大約五年前。」

「那麼久？你還有印象？」

「我記得我服務過的孩子們。」

「問我這麼多深入的問題，你想知道什麼？」

這個問題祈庭也很感興趣，她不再試著插嘴，而是專注地看著崔文烏的側臉。

崔文烏回答：「我想知道孫趙是不是以前那個孩子，一個不容易相處，但是很喜歡軍械的單純的孩子。」

祈庭喃喃地說：「他確實喜歡槍枝到主動加入軍械班。」

崔文烏不理會祈庭，「我沒有見到本人，但光聽你說，我覺得符合他在我腦中的形象。」

「你相信他是無辜的嗎？」

崔文烏迅速回應，「當然，從早期的報導就看得出來。」

高頌華瞪大雙眼，祈庭也雙眼發亮發出驚呼，「根據呢？」，崔文烏趕緊補充，「我不會說出我的推理和根據的，只是我相信我的判斷。」

祈庭著急地問：「你的判斷準嗎？有多少的可信度？」

「雖然我相信我自己的推理，但對我以外的人並沒有可信度可言。」崔文烏緩緩地低語：「每個人對想要相信的事物都可以編造出一套道理，然後相信這套道理。」

「你說得對。」高頌華站起身，一臉滿意地向崔文烏伸出手，「你有名片嗎？我想你是個好社工。」

「我已經辭職了，名片失效了。而且我和小孩子不親，我想不是個好社工吧。」

嘴上這麼說，崔文烏還是交出名片，高頌華開心地接下，「該天有機會出來喝一杯。原本只是半信半疑，但現在我也相信孫趙是無辜的。之後不知道能不能幫上忙，但我受到調查時，會多說些好話。」

「我可沒有試著說服你。」

「但我信你的判斷。」高頌華端詳著名片，「要是有新的消息，會再聯絡你。」

崔文烏跟著站起身，冷冷地回應，「那麼，再連絡吧。張記者也是，我們的約定到這裡都實現了。」

語畢，他頭也不會地快步離開，但祈庭可不打算放過他。

「等一下，崔……你等一下！」

崔文烏的步伐很大，祈庭必須小跑步才能夠趕上，又因為他們拐到大馬路邊，祈庭必須扯開嗓子，「再等一下！」

「我還有事情要去做，而且我想我們扯平了。」

「至少……」祈庭氣喘吁吁地說：「告訴我為什麼認定孫無罪，以你的個性，我不相信會只憑飄渺的情感層面就堅決信任他。」

「我拒絕。」崔文烏終於停下腳步，他的機車就停在一旁，正眼也不看祈庭，逕自從座位底下取出全罩安全帽，「我的推論可沒有任何保證，也沒有新聞價值。」

祈庭深呼吸口氣，「我會幫忙的。」

「幫什麼？」

「洗刷孫的嫌疑。雖然不能撤掉我之前寫的報導，但接下來的報導，還可以調整，會往這個方向去寫。」

這番話看似有打動對方，崔文烏喃喃自語：「不如說，原本能少些抹黑的報導，就該謝天謝地了……」

評估了幾秒後，崔文烏表示：「好吧。妳不要忘記妳說的話。」

祈庭屏息等待，她期待一個勁爆的新聞素材，崔文烏也沒有令她失望。

「我能告訴妳另一個嫌犯的線索。」

第十章

咖啡店的冷氣比冷得要死的辦公室舒適得多，還能點些小點心充飢，心恬非常滿意，在這裡工作溫度適中、燈光明亮也安靜，然而擬好主任在節目上用的講稿後，還是不得不回去和主任討論。

頂著豔陽回辦公室時，心恬皺了皺眉頭，看著服務處正前方，大喇喇地違停一間白色的現代汽車。推開玻璃門，則在服務處牆邊，「為民喉舌」的匾額下方見到令人作嘔的畫面。

知名的惡質爆料型實況主杜澤水與父親短暫地擁抱又分開，接著互相咬耳朵，看父親的表情，大概是杜澤水在關心案情。雖然兩人的一舉一動都意外地充滿人性，但心恬非常不習慣這兩人的親暱舉動，當下只想奪門而出。

一旁的主任見到心恬進門，和身旁一名年約二十五歲，身材豐滿的年輕女性說了些什麼，接著兩人主動靠了過來。

心恬主動開口，「主任，講稿我擬好了。」

「很好，我晚點看。」主任向心恬介紹身邊的女性，「杜先生是議員的老朋友了，妳認識他對吧？這位是杜先生的助理唐小姐。」

不詳的預感壟罩，心恬努力假笑著和助理交換名片，卻暗自覺得將有麻煩事落在身上。接過名片的助理本來想說些什麼，但杜澤水已經湊了過來。

「公主，好久不見了。」杜澤水油膩地笑著：「上次還是在新日。」

杜澤水是父親的舊識，過去曾在新日新媒體工作，儘管討厭這個人，但心恬過去也受了不少的關照，只能僵硬地保持笑容，「阿杜哥，好久不見。」

現在想想，「公主」這個綽號好像也是從他開始講的，父親上次當選時，他來祝賀時帶起來這種令人厭惡的風潮。

「今天拍攝要麻煩妳了，我有幾部影片要拍，沒有當地人在真的不行。」

心恬的下巴掉了下來，難怪主任要搶先介紹助理，因為要把自己外借給無良實況主！心恬很難接受，以前在新日時，雖然客串過幾次FD，擔任現場節目的控場，有協助拍攝的經驗沒錯，但自己現在已經是議員的重要選舉幕僚，這種事叫工讀生去幹就好了！

儘管用哀怨的眼神瞪著主任，但對方的視線飄忽，想必也知道此舉傷了心恬的自尊，這時把女兒推向一連串低階雜務的始作俑者，偉大的五屆市議員曾世熹，終於頂著那頭稀疏的頭頂走了過來。

議員用粗啞的聲音開口，「心恬，水兄不是當事人，需要有當地人陪他調查這起事件，妳是最佳的人選。」

「交給警察不就行了？你不懂嗎？」本想著不要頂嘴，但已經來不及了，「這種外行人只能在一旁瞎攪和而已……」

一片寂靜。服務處的所有人都嚇著了，心恬不用往後看，也知道工讀生等人也都停下手邊的工作，看來自己的聲音比想像中更大聲。如果是平常，自己絕對不會說出這種話，今天到底哪裡出了問題？

與主任不同，父親狠狠地瞪著自己，眼神中強烈的怒氣，令心恬也不得不住嘴，兩人僵持了幾秒，直到杜澤水厚著臉皮打圓場，「世熹兄先別生氣，公主的擔憂也是正常的。雖然我不能代表公權力辦案，不過公主妳不會不清楚，我過去可是堪稱新日的『王牌大記者』，如果我能挖出獨家的消息，甚至是警方忽略的點，我想對案情也會有幫助。」

如果是平常，心恬大概會對這番話大笑三聲，但她的精神和勇氣已經被消磨的差不多了。父親滿臉不悅地將她拉進會議室，在空無一人又悶熱的房間裡，小聲而嚴肅地說：「要妳去幫阿杜兄不是看不起妳。沒事先溝通是我的錯，但比起警方自稱大有進展卻啥也問不出來，阿杜兄可靠得多。」

心恬仔細凝視父親，發現他的臉比平時更憔悴，原因不清楚，但主任說父親和過世的許老闆是舊識……

心恬調整好心情，同樣小聲地回覆：「杜澤水很久以前幫爸輔選過對吧？和爸是那個時候認識的對嗎？既然這樣，爸比我更清楚這個人，我反對他在豆泉出沒，無恥地刺探秘密。」

「所以才需要妳在。」

啞口無言，但這句話令心恬無法繼續辯下去。

和父親離開會議室後，心恬就臭著一張臉上了杜澤水那輛破爛老車，搖搖晃晃地前往拍片地點，一路上，杜澤水的嘴沒有停過，但都是一些令心恬無言的垃圾話，她也能微微感受到助理的無奈與怒氣。

＊　＊　＊

「安啦，公主。」杜澤水自誇道：「照著我的計畫走，什麼都不用擔心。」

心恬無精打采地問：「您的計畫是？」

「盡可能拍攝和這起事件有關的影片，用我的流量吸引大眾的注意，或是丟出一些值得討論的議題和看法。很快就會有更多情報進來了，我可以靠那些情報再拍更多影片，世熹兄那邊也能給個交待。」

「你確定真的會收得到情報？會有所謂的爆料者嗎？」

「哼。」杜澤水冷笑，「妳忘了嗎？不管怎樣，不就有一名爆料者，帶領警方找到嫌犯之一和凶器嗎？」

心恬心想，確實是有這麼一回事，但杜澤水的嘴臉讓她很不愉快。

「我聽前東家說，他們其實也有收到影片，但因為種種因素就不播了，如果是我，先播了再想其他問題。」

「不會先引來警察嗎？」

「有可能吧。」杜澤水不在乎地說：「引來警察也不錯，可以反過來當場質疑他們的辦案進度，總之不缺拍攝素材。」

果然這個人毫無道德可言。心恬雖然也偷看過前男友的資料寫報導，但還不至於像杜澤水這樣。她聽說杜澤水對跑法院完全不反感，甚至做過多集的法院審理直播，就是一個沒有底線的人。

父親很想知道真相，於是放任惡質實況主查案，拜託自己跟著則是當作保險——既可以拉住杜澤水的過激行為，也能協助他拍攝蒐集情報。而心恬時常陪著父親掃街、服務選民，豆泉有頭有臉的人物她大都認識，想必能幫上不少忙。

他們首先到豆泉車站附近的旅館，租了房，安置好行李後，拿著手機往車站方向走，幾乎是逢人就問如何看待「豆泉滅門血案」。唐助理負責拍攝、杜澤水負責訪問，心恬則是準備提字卡和擋光板。

第一張字卡是：豆泉發生重大刑案你怎麼看？

二十六歲，在吃午餐路上的上班族女性表示：「真的很難相信欸……這個年代還有這種事……」

二十歲大學生男性表示：「人家常常說台中是子彈之都啦，不意外。」

四十歲，自稱公營企業小主管男性表示：「簡直讓人回想到六零年代的台灣，怎麼治安大幅倒退了呢？」

目前的防疫規定是在室外要戴上口罩，在這樣的大熱天格外地吃不消。心恬稍微拉開口罩，無奈地抹去臉頰上的汗水，同時慶幸自己畫的是淡妝，不然臉早就花得不能見人了。縱使自認不是嬌生慣養的大小姐，炎熱的天氣也令心恬覺得臉上彷彿貼著令人窒息的面膜。

這個問題累積一定人數後，杜澤水打了個手勢，心恬換成第二張字卡：重大嫌疑人是役男，甚至是個逃兵，你怎麼看？

四十六歲的家庭主夫表示：「我沒有當過兵，不過這很奇怪對吧？當兵還可以闖這麼大的禍，長官是不是有點太放縱了？」

五十九歲的退休男性表示：「想不到四個月的草莓兵，還能像這樣逞凶鬥狠，真想知道他怎麼長大的。」

四十歲男性保險業務員表示：「他好像還是土生土長的豆泉人，我看新聞，以前是安靜的孩子，結果也會這樣亂來，果然台灣的教育體制出了問題。」

一連問了十多個人，問題都很短，不過每個人都很踴躍地回應，更有不少人認出杜澤水，熱情地打招呼，唐助理覺得取得了不錯的畫面，但是杜澤水似乎很不滿意，心恬也覺得很普通，缺乏點衝擊性，這段直播頂多能夠乘上熱潮，卻不能引發熱潮，讓情報流入。

看到杜澤水皺著眉頭直說不行，唐助理忍不住發表意見：「我覺得很好啊！」

「濕黏黏，這種東西頂多只是配菜，跟我這麼久了還不能判斷嗎？換地點，去前溪路上的室內設計行。」

一行人回到車子旁時，唐助理一邊滴咕一邊把冷氣開到最強，她似乎對「濕黏黏」的綽號非常不滿，心恬倒不是不能理解。

在車外等待冷氣充滿被豔陽烤得滾燙的車內時，杜澤水問了一個心恬想都沒有想過的人。

「崔文烏最近如何？」

心恬嚇得差點跳起來，杜澤水露出了帶點邪惡的笑容，「你的反應也太大了，我和你的父親很熟，從他那裡問到女兒的男友叫什麼並不稀奇。」

稀奇的很！心恬咬牙切齒地說：「我們分手了。」眼角餘光同時瞥到唐助理好奇的盯著自己，「您認識他嗎？」

「算是吧，我只是突然想起他住在豆泉，而且是妳的男友，或許可以叫來幫忙。」杜澤水輕巧地說著，並用車子的後照鏡整理儀容，「原來分了嗎？可惜。」

車內溫度回到舒適的範圍後，一行人驅車前往滅門血案的現場，考慮到杜澤水的性格，他們可能會遊走在犯法邊緣拍攝，但心恬現在擔心的不是這個。杜澤水看來認識她前男友，要是一個不好和服務處的同事聊到這個話題，她撒過的所有謊就要穿幫了。什麼靠女友不工作、劈腿、懶散之類的，崔文烏從來不是那種人。

＊　＊　＊

豆泉很小，沒多久就到前溪路上。室內設計行——許家就在車水馬龍的路邊，這裡怎麼看都不像是會發生凶殺案，更別提是駭人聽聞的滅門血案了。

由於唐助理被迫臨停在路邊，因此要留下來顧車，杜澤水帶著心神不寧的心恬繞到許家後方的死巷，很快地攔住一位走出門澆花的婦人。

「大姊，吃飽了嗎？」雖然戴著口罩看不見，但心恬知道杜澤水臉上堆上笑容，「最近很不平靜內。」

「妳是那個……」

「沒錯！我是阿杜！」杜澤水熱情地回應，不過婦人連忙喊，「不是啦，是說曾議員的千金，我不知道先生你誰啦！」

看著杜澤水有些灰頭土臉，心恬也不自覺地笑了，「阿姨午安，希望沒有打擾到您，想必今天人來來去去，很困擾吧？」

「對啊，警察一堆，連議員都來了，甚至記者還到家裡借拍。」婦人回應熱情的杜澤水，「警察一直來問有沒有任何住戶有設監視器，跟他說了好幾次沒有了。」

許家後方整條巷子沒有監視器？心恬口罩下的嘴合不攏，這是重大發現，很值得加油添醋一番。

杜澤水想必也很興奮，但沒有冷落婦人，「為什麼不設呢？巷口也沒有嗎？」

婦人解釋，「這條巷子都是老鄰居了，彼此都不太鎖門的，要是掛了監視器會很奇怪。」的確這裡一整排的房子都很老，又跟婦人聊了一下之後，杜澤水的視線定格在許家大宅的後方。

這棟大宅的後方有扇鐵捲門和一面沒有用鐵窗封住的大窗戶，可以說是毫無防盜效果，像在說「小偷請進」。許家後方受到鄰居壓力，至少表面上無法裝設監視器，滅門血案的兇手，極有可能是透過這條巷弄和後方的門窗侵入。

至於是如何開啟門或窗，一看就能知道，窗戶的玻璃破了一大塊，手伸進去剛好可以摸到窗戶鎖，開啟窗戶後翻進屋內就行。心恬觀察門窗時，杜澤水正用手機瘋狂拍攝，捕捉畫面。雖然許家宅邸一旁的防火巷拉上了封鎖線，他視若無睹地跨過，快門沒有停過。

心恬問道：「有什麼發現嗎？」

「有嘔吐物的痕跡，好像是警察弄的。其他就沒了。」杜澤水的聲音悶悶的，表情看起來很失望，「或許先指示濕黏黏上傳街訪直播，等待爆料者來找我們，會比我們在這邊埋頭苦幹更好。」

正要離開時，說巧不巧，杜澤水的手機發出震動，他看了看手機，嘴角從失望地下垂轉變為滿心期待的上揚奸笑。

「公主，走了。」

看到杜澤水眉飛色舞的模樣，心恬明知故問，「要繼續街訪嗎？」

「當然要。」杜澤水止不住的笑意，看到四十好幾的大叔擺出這樣的嘴臉，心恬看了就覺得噁心，他呵呵笑著說：「果然吸引到爆料者了。」

他們快步回到車上時，唐助理還在剪輯剛剛的直播，杜澤水也不讓她先告個段落，直接蠻橫地要她停下動作立刻開車。

驅車前往的地點是豆泉知名住宅大樓「車馬大樓」，大樓旁的巷子裡，住著嫌犯孫姓青年在新訓中心的班長。

地址以外，當然還有姓名和年齡，他當下馬上就要直搗黃龍。粉絲是怎麼知道那位長官的身分的？心恬盲猜是那位班長的同僚洩漏的，這個年頭大家早已不把個資當一回事了。

「濕黏黏，等一下我和公主過去，妳留在車上。巷子的直播檔不要上，至於街訪就開始剪輯吧，粗剪就可以上，分秒必爭。」

車一停在車馬大樓附近一間麵攤旁，杜澤水立刻跳下車，大聲催促慢條斯理的心恬，由於杜澤水一聲令下，必須把筆電放在大腿上，開啟剪輯軟體繼續上工的唐助理，只能露出哀怨的表情目送他們。

拐過轉角進到一條清幽小巷，能看到一座土地公廟，廟前的藤椅上有名年輕男子在抽菸，據杜澤水收到的地址來看，班長的住家在廟斜對面更小的窄巷裡。

心恬正要走進窄巷，卻被杜澤水阻止，他走向土地公廟，一邊問：「你是高頌華班長嗎？打擾一下，不會花你太多時間的。」一邊摘下口罩露出臉，男子的眼神從疲勞、機警最後變成無奈。

「我是。」男子不耐煩地說：「請問有什麼事嗎？」

心恬看出他的態度不太自然，從收到的爆料來看，這名班長正在休假，他的表情卻憂心忡忡，也異常疲憊，希望是自己多心了。杜澤水看來什麼也沒有注意到，興高采烈地表示：「我想聊點事情，你認得我是誰嗎？」

「我好像見過你，但不好意思，我很忙。」男子沒有正面回應，站起身，但聽他的語氣，似乎也猜得到杜澤水的目的。

「那位『孫嫌』好像就是你的部下，沒錯嗎？」

「很抱歉，我沒什麼好說的，而且我也不認識你說的那個人。」

杜澤水難以打動打動對方，只要否定到底，再怎麼纏人都沒有意義——意識到這點，心恬直接開口問：「班長，有人來找過你了，對嗎？」

男子的視線終於定焦在心恬身上——這人現在才有這種反應，其實讓心恬很不習慣，像她這樣的大美女，理應要瞬間抓住男性目光才對。

男子喃喃地說：「我好像也見過妳……不過算了，妳說得沒錯，剛剛已經有組人馬過來採訪我，妳們來遲了。」

獨家被搶了！心恬吞了口口水，雖然還不知道能從班長身上挖到些什麼內容，但過去在新聞業的經驗告訴她，慢一步的消息就不是好消息。

「那又有什麼關係！」出乎意料的，杜澤水還保持著衝勁，也可能只是在虛張聲勢，「沒搶到獨家也沒關係，畢竟我們不是流量至上腐敗的媒體，而是正派、為民發聲的小眾Youtuber，大家的火爆公道伯杜澤水，你可以叫我阿杜或阿杜哥。」

遞出了名片，男子不打算收，杜澤水硬塞進他的口袋裡，但粗魯的動作，不小心掏出男子口袋另外兩張名片，心恬懷疑他根本是故意的。意外掉落到地面的那兩張名片意外地眼熟，看設計，一張好像是新日新媒體的名片，另一張果然是……

杜澤水拾起名片時，心恬讀出他的唇語「崔文烏」，那張名片是前男友的名片，他們用某種方法搶先找到班長。

「你到底在幹嘛？」男子很不滿，接過名片就想走，這時杜澤水笑著開口，「我真心建議，你還是把剛剛採訪說過的話再說一次會比較好。」

「為什麼？」男子皺著眉頭反問：「你是在威脅我？」

「不是的。」杜澤水舔了舔嘴唇，用吊人胃口的語氣表示：「男的我不知道是誰……但這個記者張祈庭我很熟，是專門曲解他人語意的編故事高手。」

真虧他可以臉不紅氣不喘地說謊！心恬對他的反感程度再度上升，但她也識相地不出聲。

男子搖搖頭，「他們保證過，會公平合理的撰寫報導，你們就等她出稿就好……」

「是不是有說，只要你開口，就會改掉任何你覺得不恰當之處？」杜澤水誇張地搖搖頭：「你陷入話術了，他們當然會改，但在你看到報導、要求他們修改、而他們真的修改之前，就會用極度聳動的標題重置你說過的每一個字。」

這幾句話令男子有些不安，他喃喃地說：「我相信社工是好人，但那名記者……」

「對受訪者而言，保證自己言論不被扭曲最好的方法，就是向另一組記者或是媒體提供情報。」杜澤水自以為瀟灑地，露出充滿自信的微笑，「出現兩篇著眼點不同的報導，讀者一看就知道哪裡有問題，你願意和我們聊聊，對你或是我們都好。」

一連串的歪理雖然不至於打動男子，但他似乎是為了盡快擺脫杜澤水，嘆了口氣說：「就當是你說的那樣吧。但是，你就能保證不會曲解我的意思嗎？你說是 Youtuber，豈不是更沒有包袱？」

杜澤水拍了拍胸膛，繼續說謊：「你放心好了，我阿杜一向說到做到，絕對一字不改地傳達你的話。錄音可以嗎？保證不會外流，只是協助我們寫文案用。」

男子微微地點頭。

縱使手段不怎麼光明正大，心恬倒是首度佩服杜澤水的交涉手段，並暗自發誓不要成為像他這樣的渾蛋。

杜澤水清了清喉嚨後問：「那麼……高頌華班長，我想請教這位孫趙到底是怎樣的一個人？他算是你的直屬，想必很了解他吧？」

「我要強調一下，我不是班長，也不是直屬長官。我的頭銜是輔導長，連上近百位新兵都是我的下屬。」高頌華輔導長搖搖頭，「到底了不了解我也不好說，總之就和他不是陌生人。」

心恬好奇地想，「輔導長」是類似校園中輔導老師的概念嗎？這個念頭似乎被杜澤水察覺，他問道：「能稍微描述你的工作嗎？」

高頌華皺起眉頭，「我待的單位是新訓中心，要關注新兵的身心狀態，但是還有更多政戰業務，以及協助連長處理連上的種種事務。」

「關於孫姓新兵，我只有和他一對一聊過幾次天，他是個很害羞、內向的人，可以看得出來很不適應軍中的團體生活，但是除此之外就是個很普通的人。」

「也就是說他被當成嫌犯讓你很意外？」

「有點。」高頌華聳聳肩，「但我不保證有誰絕對不會去做壞事。」

杜澤水問了個尖銳的問題，「你可以想像他開槍的樣子嗎？」

高頌華的表情越來越糾結，「你這個問題很奇怪。我們單位畢竟是新訓中心，可是手把手教起的，他當然會開槍。」

「他好像沒有準時歸營，被外界稱作逃兵。先前有這樣的跡象嗎？」

「說他是逃兵絕對是錯誤的。」高頌華嚴正辯解道：「連上已經發出聲明，孫姓新兵確實提出了確診的證明，所以我們准假——這是合理的防疫措施。」

「假設嚴格管控他的行蹤，你認為可以杜絕這次的悲劇嗎？」

「你好像已經認為他是兇手了。」

「只是假設。」

「你的假設並不合理。」高頌華的語氣出現一絲怒意，「與他同期確診的人數超出預期，他要是回營隔離，連上的人手撐不住。如果你要影射某人是兇手，或是將不必要的責任加諸在連上，就請你離開。」

心恬能感受到杜澤水逼得有點太緊，當然依杜澤水的做事風格，他不一定認為孫趙是兇手，會這麼問肯定是因為可以逼出觀眾喜愛的答案，也可以刺激受訪者的情緒。

「當然不是！我問的這些全——都是假設，假設中的假設，這次令人遺憾的事件的責任歸屬也好、誰是兇手也好，全都是警方的調查範圍。」

「……總之，前天開始我排休，這波新冠的感染是如何蔓延的還不清楚，孫姓新兵的請假事宜，應該是由他們班的班長負責，我無法給出更具體的回覆。」

「我明白了。最後一個問題。」

「快點說吧。」

「收拾善後很麻煩嗎？」

「那當然。」高頌華不悅地嘖聲，「我的假沒了，現在隨時要回營向上級說明或是去警局報到，現在在等指示。」

「真遺憾啊！」看杜澤水的表情，根本一點都不遺憾，「非常感謝你的協助，大約五點的時候，我的頻道會開直播分析這次的案件，一定會用到你提供的情報！歡迎你觀賞，喜歡的話也請訂閱開啟小鈴鐺！」

＊　＊　＊

逼著高頌華訂閱、開啟小鈴鐺後，杜澤水心滿意足的回到車上，但心恬高興不起來。唐助理依然忙著影片的事，同時還要回應觀眾的留言，雖然令人同情，心恬不怎麼在意，而是向杜澤水提問：「阿杜哥，你好像很高興。」

「那當然。」杜澤水用單手飛快地在手機上打字，心恬知道他是在撰寫影片要用的講稿，「姓孫的新兵社交圈很窄，除了家人以外，說實話很難找到熟悉他的人物。」

「他家還有父親。」

「妳說他啊？早就有大批媒體去他們家裡堵人了，那個老父親真沒什麼意思。」說著說著，杜澤水遞給心恬看短暫的新聞片段，大批記者圍在一扇門邊，一名憔悴的中年男子唯唯諾諾地不斷道歉。

「看到這個畫面，我就知道沒什麼料好挖的了，如果真的有什麼料可挖，也被挖完了。」杜澤水收回手機，繼續打字，「我從很早以前就知道，父母不一定懂孩子。」

「那麼，你有得出什麼結論嗎？」心恬逼問：「你答應議員要查案，但除了拍拍影片、在案發現場附近晃晃、和輔導長聊天以外，我看不出來有什麼進展。」

這一段辛辣的批評杜澤水視若無睹，他敲了敲唐助理的肩膀，「開車，回旅館準備開直播。」

在車子發動後，杜澤水才露出意味深長的微笑回應心恬，「公主，我不是偵探，而是自媒體的直播主。」

「所以呢？」

「我擅長的是就是拍影片，會給出議員能接受的內容的，妳安心吧。」

心恬心中只有滿滿的不安。

第十一章

「許家室內設計行不只和連鎖超商、快餐店都有簽長期契約，負責新店面的裝潢，還和營造建設公司合作，共同承接政府標案，由於手段俐落，標的價格漂亮，搶下了不少案子，可說是賺得缽滿盆滿。」

關於豆泉滅門血案，黃檢認為，有能力派出槍手的要不是地方上的幫派，不然就是有一定資本，並且與幫派關係密切的企業。

根據黃檢的調查、整理，曾經與許家室內設計行有合作或競爭關係的企業，並且可能與幫派「有染」的小企業有三家，「分別是早期的合作夥伴誠億建設、現任的合作夥伴威營建設，以及長期的競爭對手，同樣位在豆泉的銀品室內設計行。」

惠結補充，「黃檢希望釐清這三家和許家室內設計的詳細關係。」

強印邊開車邊問：「黃檢呢？」

「黃檢在局裡和家屬以及室內設計行的其他員工見面。有另外調度幾個人去誠億總公司，我們負責威營和銀品。」

「這麼缺人手？我和學姊就要負責兩個點？」

惠結聽得出來強印話中有話，長嘆了口氣，「副局長帶走了整個小組，導致刑事組缺人缺得厲害，應該不用我再說了吧？」

強印有氣無力地回應，「把十幾位人手通通調度到成功嶺的新訓單位，我怎麼想都不會是好主意。」

「副局長的調查方向只是和黃檢不同而已，不一定是步壞棋。」雖然這麼說，但惠結自己都不信，多頭馬車的搜查，只會拖累進度。其中一位進成功嶺搜查的刑警偷偷和惠結透漏，軍方基本上已經快要氣炸，現場的氛圍高度緊張，還有幾位高層出面向局長施壓。

「說來也奇怪，局長為什麼要讓副局長組織小組去調查？甚至還要替副局長扛住副局長的壓力？」惠結喃喃地說：「兩人的關係那麼差，將立功的機會讓給副局長，難道是要示好嗎？另一方面，他等於是主動促成檢警搜查步調不一致的元兇，雖然外界不會知道這點，但再怎麼樣都會因為搜查進度落後，收到責難吧？」

聽見惠結的喃喃自語，強印也小聲地說：「我猜……是要讓副局長出醜。副局長是好警察，但是能力不適合指揮，大家都知道。」

「你確定嗎？」惠結問：「雖然案子才不到一天，但按這樣下去，最可能出醜的可是局長。」

「那是從外部角度觀察。社會大眾會覺得局長和副局長的責任應該是七三分，但是從內部看，是一九分。」強印一針見血地分析，「原本是立功的機會，但是不配合檢方，將人力任意調度進而惹怒軍方，會大大暴露副局長的不足。局長的勢力和威信會受損沒錯，但副局長會徹底顏面盡失。」

不完全同意強印的結論，但正副局長的矛盾存在多時，偏偏在現在爆發，惠結真心覺得勞累。

＊　＊　＊

警車抵達一棟雙層豪華透天，與地狹人稠的北部不同，中部只要有些財力的公司都會以整棟透天當作辦公處。不過看那店面，至少七、八公尺的面寬，絕非只是「有些財力」的程度。

「威營建設」的負責人趙董親自與惠結、強印會面，從他福氣的外表、手上金光閃閃的名錶來看，想必是事業有成。

「許家的事情實在是很遺憾。」趙董這麼說的時候，眼角還泛著淚光，「然而，我們不只是失去了一名好夥伴，同時失去了古道熱腸的好友。」

惠結又問：「古道熱腸是指？」

「沒有人比許老闆更愛好公益活動了，除了在地方活動出錢出力，還會拉著我們幾位生意夥伴參與公益義賣，他每年也至少捐助十多萬給地方的慈善團體。」

強印問道：「有哪些團體受益呢？」

「慈濟是基本的，還有家收留清寒學童的本地基金會。」

「基金會？是護芽基金會對嗎？」記得許老闆家中還有基金會的感謝狀，看來他確實是愛好公益。

「好像就是這個名字。」

惠結注意到強印的視線轉到自己身上，於是問了最後一個問題，「許家發生憾事後，室內設計行也不確定會不會繼續營業，請問貴司接下來會與哪間廠商合作？」

「現在就要提這個有些無情……不過，應該會把大量業務轉給銀品室內設計行負責。」

＊　＊　＊

銀品室內設計行租了住宅大樓的一樓店面，氣派的裝潢特別適合財力雄厚的客戶，相較之下，許家的店面顯得傳統老氣。

負責人黃理事是年約五十的精明婦人，對於生意對手也同樣表達哀悼之意，「很遺憾的事情，雖然是同行，但許老闆也是頗值得學習之處的生意人。」

總覺得這樣的評價話中有話，但惠結也只是重複與趙董的對話，沒有更進一步的詢問，倒是黃理事在惠結臨走前，給出了情報。

「據說許老闆在疫情最嚴重，不少作業都暫停時偷扣了合作對象一大批建材，現在那些建材價格節節高升。」

這個情報只能說堪稱空穴來風等級，建材在哪?合作對象又是誰?黃理事都說得不清不楚，惠結沒放在心上，倒是強印似乎相當在意。

沒能有收穫倒不是很令人意外，考慮到作案使用了來路不明的槍枝，極有可能有幫派介入，惠結和強印都認為，與這些幫派、組頭交涉才能找到更進一步的線索，然而茲事體大，還需要等黃檢詳細的規劃才行。

* * *

離開銀品時，時間剛過兩點，代表兩人離正常的午餐時間已經遲了兩個小時，強印隨便到附近一間超商買了便當，他們坐回車上一言不發地迅速解決，但解決以後，依舊靜靜地待了幾秒什麼都沒說，直到惠結接聽了來自鐘秘書的電話。

「劉小隊長嗎？我是鐘秘，黃檢要我詢問你們的進度。」

雖然納悶為何不是黃檢親自詢問，但想想他應該很忙，惠結如實回答：「兩間公司都暫時問完了，沒有特別的進展，細節會回局裡報告。」

「好。你們可以順便去孫家一趟嗎？局裡接到報案，孫家好像有外人闖入。」

「什麼？」惠結驚呼，「我了解，但為什麼是我們？我們還趕著回局裡報告。」

「……副局長要求借調人手，希望能去孫家補拍孫嫌房間的照片建檔，並且通知孫父來局裡一趟。」

惠結終於忍不住翻了白眼，馬上被敏銳的強印注意到，和他說明下個目的地之後，他也重重地拍了額頭一下。

＊　＊　＊

孫家位於豆泉某棟在負面意義上相當知名的公寓。公寓外觀首先因為年老，外壁就有些剝落，又因為氣候因素加上沒有定時清洗，灰暗而骯髒。住戶大多是家境極差的家庭，附近一帶是日常巡邏的重點區域。

公寓的正門在推開時發出難聽的金屬聲，大概是很久沒上油保養了。以前還在少年隊時，惠結來過幾趟這間公寓，不知道是不是錯覺，總覺得內部環境比起以前更為髒亂，還有……尿騷味？

原本要拿出資料對照孫家的門牌，但走沒兩步就知道不需要了。只有一間住戶的門上用紅色油漆寫著「殺人兇手」幾個字，另有一名男性民眾在門前拍照。另外，牆角有一灘黃色液體，惠結希望不是自己想像的那東西。

「你們來晚了。」看到穿著便服的惠結和強印，民眾笑著表示，「錯過了好幾場大場面。」

他絕對是來湊熱鬧的民眾，惠結下意識地要把他趕走，不過強印先開口，「我們錯過什麼？」

男子輕笑，「剛剛好幾組拍影片的來，為了製造效果，使出了渾身解數。」

是怎樣的「渾身解數」用不著說，惠結可以想像得出來。比起這個，她更惋嘆民眾的素質，不管是拍攝者或是拍攝者潛在的觀眾都令人搖頭，尚未被定罪的孫嫌實在不該要受到這種待遇。

強印問道：「那你又是哪位？」

男子回了一個小眾新聞的名字，強印又問，「那為什麼說我們來晚了？」

「因為屋主已經避不見面了，原本還有點反應的，但到後來按門鈴不回、電話也不接，最後甚至有人闖進屋裡……」

「闖進屋裡？」強印和惠結互望一眼，他們雖然想相信副局長帶隊肯定不會漏掉任何細節，但要是孫嫌真的是兇手，而且還留有作案相關的證據在家中，難保不會被闖入屋裡的人破壞。

亮出警員身分趕走小報記者後，強印長按門鈴，喊道：「孫先生，請開門，我們是豆泉分局的警員。」

在十多秒的沉默後，面容憔悴的孫父終於來應門，從門縫出示證件後，兩人進到極度髒亂的屋中，強印不等惠結的指示逕自問道：「聽說有人闖入，在哪邊？」

孫父指著一間房門緊閉的房間，惠結猜測大概就是孫趙的房間。強印邁開步伐要走過去，惠結趕緊在一旁用簡易攝影機記錄，一推開門，總覺得室內偏暗，於是惠結隨手開燈，燈一亮，最先注意到肆意亂堆，跟惠結一樣高的模型空盒、四處散落槍械模型零件和少量衣物，最顯眼的則是被厚紙板封住的對外窗。

強印小心繞過地上的模型零件走到窗前，撕開固定用的紙膠帶，將厚紙板掀了起來，眼前的是破了洞的骯髒玻璃窗，往遠處看能看到公寓外圍的街景，近處則能看見被破壞的鐵窗，就掉在窗台正下方。

強印目瞪口呆地下了個評價，「太誇張了吧。」

惠結仔細拍攝了房間的布局、用鏡頭特寫窗戶附近，尤其是鐵窗和窗戶鏽蝕的連接處。看到紅色鐵鏽斑斑的樣子，鐵窗會被整組拆下，好像也不是那麼令人意外。

據跟著進入兒子房間的孫父所說，破壞鐵窗與破壞玻璃的並非同一人，兩者被破壞的時間差了超過一個小時，破壞鐵窗的人不知為何爬上鐵窗，而年久失修的鐵窗因此鬆脫，而破壞玻璃的人大概是手上有什麼就往窗戶丟，不小心砸出了一個洞。

這個洞很小，頂多能將手放進來，就算伸得進來，也無法摸到窗戶的鎖，換句話說只要窗戶鎖著的，就算鐵窗被拆掉、窗戶被打破了個小洞，物理上任何人都進不來。

「窗戶是鎖著吧？所以沒有人闖入嗎？」

面對強印的質問，孫父兩者都同意，惠結和強印大概是白擔心一場了。

強印又問：「破壞物品的人知道是誰嗎？」

孫父非常小聲地低頭表示，「真對不起，都怪我兒子和我這個做父親的不好。」

看到這句牛頭不對馬嘴的回應、家中雜亂的生活環境再加上孫父表現出的，對兒子的不信任，原本就有些同情孫嫌的惠結，此刻又更同情他。

強印再度和孫父確認今早搜查的情況，惠結漫不經心地聽著，直到書桌上某樣物品吸引她的注意力——那是倒在桌面上的相框，也許是搜索時弄倒的。將相框擺正後，惠結見到國中生的孫趙和一名男子的合照。

男子有些眼熟，強印注意到相片，馬上大聲問：「孫先生，這是誰？」

強印的大嗓門嚇了惠結一跳，孫父的表情也顯得不知所措。

「這位是誰？」

「他是……他是小趙以前在某間課後輔導基金會時，特別關心我兒子的社工。」

區區一名社工，卻造成強印劇烈反應，連帶也勾起惠結的好奇，她問強印：「你認得他嗎？」

強印有些激動地回答：「他也有在醫院出現！」

「醫院？」惠結機械式地重複，強印從口袋裡掏出一張名片遞給惠結，「他在廁所留下名片，他說……」

「他說了什麼？」

「他說孫家會遇到麻煩，並且請我們幫忙，又說了幾句大話。然後——」強印支支吾吾地說：「他強調這是『預言』，我以為他只是……」

孫父這時唯唯諾諾地開口：「老師他……」

「老師？」強印狐疑地重複，「是指崔文烏嗎？」

「老師大概快九點左右來過家裡，他說可以幫得上忙。」孫父繼續小小聲地說：「還有，他有提到有事可以連絡他和警方。」

「他常常來嗎？」

「不，小趙就讀高職離開基金會以後，對方就沒來過了，算了算距離上次，應該差了將近五年。」

就是因為特地提醒孫父要聯絡警方，社工才會說出「預言」嗎？孫趙家遇上「麻煩」則是指窗戶被破壞？這也是社工的手法嗎？從他說過的話、做過的事來判斷不無可能，加上他特地留下聯絡方式，目的大概就只有一個，那就是吸引警方的注意力。

另一點也使惠結很在意，那名社工為什麼要為了快五年不見的一個孩子行動？

明白無法從孫父身上套出更多細節或情報，兩人通知孫父晚上來一趟局裡後便離開孫家。

＊　＊　＊

「阿強，再怎麼樣也不應該等到這種時候才報告。」一踏出公寓，惠結立刻不帶怒意的訓斥，「不過，我也不是不能理解你的顧慮。」

強印語帶歉意地說：「我一直很猶豫要不要說出這個人。他太過神秘，企圖卻太過明顯，雖然好像和許老闆、孫嫌都能扯上關係，但不夠深刻，甚至與案情無關。若沒有提出明確的利益關係，就和黃檢提出，可能會耗費時間也占用人力。」

黃檢的搜查方針之所以不是往孫嫌的周邊進行，理由有兩個，第一，孫嫌由於確診精神恍惚，無法問訊，僅能初步調查人際關係，成效大概不高；第二，副局長已經率領大批人馬調查孫嫌和新訓中心，人手不足，只要雙方共享資訊，確實黃檢這邊不該去查這位社工。

「也許還是可以提出來，由副局長那邊確認和調查，但是副局長……」

「我都知道，阿強，你不用再說了。」惠結表示，「我們先回局裡，把社工的事、孫家的事都和黃檢報告後，再討論下一步。」

不過，討論下面幾步沒有太大的意義。抵達局裡的當下，他們就被開腳坐在門口的男人叫住，「你們好像很忙呢，有空聊個幾句嗎？」

強印驚訝地喊：「崔文烏！」

真是名陰鬱的男人，惠結心想，她細細打量這名身材瘦高的男子，從他的聲音和坐姿，總感受到一絲熟悉，但是卻沒能想起勾起任何記憶。還有種錯覺，與自己緊盯對方不同，崔社工似乎不太敢正眼看著惠結。

「只是用猜的，你們剛剛去了孫家沒錯吧？」

強印搖搖頭，「不好意思，我們不方便透漏……」

「沒關係，阿強。」惠結回答：「我們確實去孫家關切了。」

「那麼，就和我說的一樣。」崔社工毫無情感地說：「孫家遇上麻煩。我很訝異你們到目前為止沒有和我聯絡。」

「這部分並不難料想。」惠結回道：「不過是預測媒體對案件的嗜血性罷了，在這疫情逼近尾段、年底面臨選舉的時期，任何事件都有被炒作的可能，這種案件尤其如此。一旦案子熱度起來，就不難想像嫌犯的家遭受破壞。」

「妳現在當然可以這麼說，但我提到這件事時，事情還沒有鬧得這麼大。」

強印插嘴，「你為什麼可以準確預測這件事，有三個可能，一、其實就是你主導了這件事的熱度；二、你對媒體非常熟悉，可以預見事情爆發討論；三、你猜的。是哪一種？」

「是哪一種重要嗎？」崔社工反問：「換作是你們，有辦法這麼精準的預測嗎？」

強印反擊，「這也沒什麼，只是代表你很理解孫父而已。」

見到崔社工沒有回應，強印又問：「如果你想說什麼，現在可以說。還有，在醫院時說『不用費力去抓兇手』又是什麼意思？」

「如果你們對我的推論有興趣的話，和這個人聯絡。我已經和她分享我的所有推論了。」崔社工掏出一張一張名片，上面寫著「新日新媒體，記者張祈庭」。

「原來你不打算自己說出那些推理？」強印一面盯著那張名片，一面偷瞄惠結，「那我就不懂了，你為什麼會出現在這裡？」

崔社工刻意地鬆手，名片掉到了地上，而他緩慢地撿起那張紙片。

強印難得地慢了惠結一步發現崔社工的暗示。他的動作，就和告發影片中的那人如出一轍。

「你看過影片。」惠結直接點破，強印倒抽了一口氣，「從哪裡看到……」問到一半，強印就打住了，和惠結同時盯著名片上「新日新媒體」這幾個字看。

「你們還是把名片收下吧。」崔社工面無表情地說：「儘管我不能明白，為什麼與影片相關的報導沒有出現？為什麼有人能單憑這樣的影片就辦案，甚至沒有提出質疑？你們懂嗎？還是已經掌握了我所不知道的關鍵證據呢？」

崔社工的一番話令惠結與強印如同被石化一樣，一句反擊的話都說不出口。

「失禮了。」

崔社工的手機響了起來，一接起電話，臉上一陣青一陣紫，握緊的手背因用力過猛爆出青筋。

強印或惠結來不及要他留下，崔社工就奔出局裡。

「阿強……」看著崔社工離去的背影，那種怒氣噴發的樣子，惠結想起來十多年前見過一次。

惠結小聲地對身邊的部下說：「我認得那個孩子。外型差太多一下子想不起來，但我曾經見過他。」

強印驚訝地問：「真的嗎？」

「是我在少年隊時期的事了。」惠結的聲音很小，幾乎像是低語，「有名少年為了離家出走的妹妹，幾乎天天來局裡詢問進度，每次來都弄得大家都很緊張。」

「後來怎麼了？」

「找到妹妹了？」

「沒怎麼了，某天他來取消報案。」

「他沒有說明，不過應該是這樣。」惠結仔細回想，「他其實也沒什麼特別的，只是特別偏執，還準備了大量無用的資料。我幾乎忘記他的名字了，反倒是他的朋友，由於他一直重複說那人的綽號，令我印象深刻。」

「朋友？」強印的表情因疑惑而扭曲，這也難怪。

「你都不會好奇嗎？為什麼他能夠在醫院睹到我們？為什麼可以掌握我們回局裡的時間點？為什麼知道我們去哪裡了？」

「這跟那個有關係嗎？」

不理會強印的疑問，惠結又問：「秘書處的鐘秘書，他的綽號是什麼？」

「阿鐘。等等，該不會……」

「崔文烏朋友的綽號，也是阿鐘。」

「指示」雖然是老闆下的，但他並沒有嚴格規定實行的日期，考慮到許老闆討人厭的程度，說不定老闆還不知道和自己有關，以為是別的冤家找上門，或者是認為和自己有關，但正在想辦法撇清。

不管是哪種，陳新才都不敢主動聯絡老闆，告訴他事情搞砸了。

剛剛那群警察令陳新才渾身冷汗，不過幸好正如預料，大概不會查到他身上。

陳新才到了這個時候，才去想其他的「夥伴」怎麼了，「順仔」要負大部分責任無庸置疑，但他們也都是共犯，雖然彼此已經分開，但命運是綁在一起的。

臨時的嫁禍計畫出乎意料地非常順利，就繼續照這個樣子吧，把辦案時間拖長，盡可能誤導警方，等到時機一到——現在還不行，要是現在就逃跑，會被盯上的——時機一到，就找個理由辭了工作走人。

現在需要的，就是提供更多的情報，更大幅度的影響辦案。

陳新才點開影音軟體，挑上了某知名的爆料型直播主。

第十二章

從回到旅館的那一刻起，杜澤水就進入工作模式，不斷地在房間走來走去加上碎碎唸，使用語音輸入在平板上打字。唐助理忙著架設拍攝器材，包括貴到爆的筆電、貴到爆的攝影機和貴到爆的色溫燈。心恬只是在一旁看著。

這個時候其實也才下午三點左右，但可能是因為方位和四周建築的關係，旅館房間很暗，室內光線不足，加上空間也不太適合，於是助理拜託心恬出面，向旅館經理借了餐廳拍攝。

一般來說，餐廳不會外借，但心恬身為議員之女派上了用場，經理是父親的支持者，所以爽快的借出場地。

看來自己今天一整天唯一的功用，就是用在這裡了。心恬無奈地想。

心恬坐在餐廳的另一頭，看著助理內的小圓桌和沙發椅推到窗邊，在桌上放置貴到爆的麥克風以及「火爆公道伯」的吉祥物娃娃，最後再從行李箱拉出整套火爆公道伯的條紋西裝，一切準備就緒，只等杜澤水熟讀自己的文案。

十分鐘後，杜澤水丟給唐助理平板，唐助理熟練地將文案改成提字稿，杜澤水則到廁所迅速更衣，換上一副正經的表情坐到窗前。

唐助理比出手勢。

三秒、兩秒、一秒——

Youtuber 頻道「火爆公道伯杜澤水」的訂閱者收到通知，名為「火爆公道伯真相系列三十三，豆泉滅門血案你不知道的事之辦案篇」的直播開始了。

「爆沒人知道的料、放沒人知道的水！各位觀眾逐家好 tai ga、ho、！你們最愛的良心火爆公道伯杜澤水阿杜來了！」

「直接進入正題，現在大概所有人都在關注豆泉滅門血案對吧？阿杜今天早上看到也是嚇一跳！怎麼還會有這種事！而且兇手還是個逃兵！原來治安敗壞不只是因為警方爛，軍方也爛欸！」

「阿杜我也很關注這起案件啊，結果警方開個記者會什麼屁都放不出來，過了幾個小時好像逮到了人，但只放了一個短短的新聞稿，到底是不是真兇？還有沒有其他共犯？啥也不說，這樣民眾怎麼能放心！真的不知道該怎麼形容！等到後來終於有篇新聞爆料，原來這個嫌犯是逃兵？喔——難怪不敢開記者會，軍方也很緊張嘛，也怕被社會大眾究責嘛～」

「什麼？有觀眾指稱他不是逃兵？收假未歸不就是逃兵？你還要幫他想藉口嗎？」

「所以各位阿杜粉，知道阿杜現在在哪裡嗎？雖然想賣個關子，但是就直接告訴大家，沒錯，就是豆泉！發生了這件大事的豆泉，究竟會有什麼轉變，就讓我們再一次透過街訪影片告訴大家！」

接下來是重新播放大約十分鐘的街訪影片，這段時間，杜澤水就喝個水休息一下，準備接下來的衝刺。確認街訪影片剩餘時間時，心恬注意到杜澤水雙眼發亮地滑著手機，似乎又有什麼新的情報傳來。

「看了剛剛的影片，各位心理也有了個底了。大家的看法雖然不完全相同，但這件事所有人都知道，想必已經嚴重影響了大家的生活。」

「阿杜整理一下，這起案件究竟有多可怕？首先，案發地前溪街是條大馬路，為什麼沒有人注意到可怕的犯罪？三名死者，所以至少有三聲槍響，難道隔音真的這麼棒嗎？還有，警察都不巡邏的嗎？為什麼早上才發現案件？」

「再者，嫌犯真的是孫姓役男嗎？假設是的話，為什麼軍方明知他有逃逸的事實，卻不積極處理、也不肯發篇新聞稿？據說他在軍中的態度表現普通，個性也很低調，那為什麼有辦法做這種慘忍的事？憑什麼？他又是怎麼拿到槍的？又是怎樣才會盯上許家？」

「假設孫嫌不是真兇的話，那就真的必須要問警方到底出了什麼問題了，逮捕一位無辜的青年，為的是什麼？為了告訴社會大眾有在做事？難道以為這樣就可以變成破案高手，拉高破案率嗎？聽說是有抓耙仔？所以有共犯嗎？」

「以上這幾點請各位好好想想，到底豆泉怎麼了？警方和軍方怎麼了？我們支付稅金給這些人，他們給的成果和回饋就是這樣嗎？」

「我注意到各位對許老闆其實都不是很熟，媒體也沒有深入報導。但阿杜的豆泉粉絲給足了背景，注意了各位，他是個好人。許老闆個性樂善好施，在地方上相當有名，舉凡廟會活動、慈善樂捐都會出現，尤其不吝提供金錢給弱勢團體，更是其中一間慈善課扶基金會的大金主。而根據我們的調查，孫姓役男曾經在那所基金會待了三年以上，這可能是兩人的連結。孫姓役男在基金會時剛好認識了許老闆，知道他很有錢，所以弄了把槍——如果他是兇手，我覺得這是很合理的假設。」

「其實，我還想提出一點警察在辦案上會遭遇到的難題。我和助手在案發現場附近採訪時，居民告訴我們因為後方窄巷是舊社區的關係，住家大多不會裝設監視器，也就是說不管嫌犯是誰、是多人還是一人，只要可以從沒有監視器的地方，不知鬼不覺的出入犯罪現場，沒有關鍵的畫面，警方想必會非常非常頭疼。關於這點，大家可以好好想想。今天就先到這裡，第一次來的觀眾喜歡的話也請訂閱開啟小鈴鐺！還會有更精彩更棒的分析！」

不愧是最厲害的煽動大師……心恬心想，後面許老闆與基金會那段，大概就是臨時收到的新爆料，杜澤水果然這麼厲害，可以瞬間將這些資料整理成煽動觀眾的一段話。

扯上基金會，如果那個人在的話，鐵定會大發雷霆吧，不過心恬的內心毫無波動。反倒是杜澤水接下來要開始的表演，對她而言更加吸引人。

杜澤水的另一個煽動大殺招，就是刻意在講解的時候不開捐款機制，直到直播結束後才有十分鐘左右的「黃金抖內時間」。

唐助理興奮地解釋著：「心恬姊有看過嗎？這段時間超級『療癒』，看著小額金額不斷地累積在後台的數據，那個感覺真的很棒！如果抖內金額夠高，老闆心情一好，馬上就可以分到紅！」

這次大概這次也不例外吧，最後的黃金抖內時間，杜澤水一直唸著抖內者的名字沒有停過，僅僅十分鐘竟然撈了十幾萬。

「各位阿杜粉，阿杜偵探的旅程還沒結束，我們明天見！」

心恬協助助理把器材搬回旅館房間後，杜澤水馬上躺到床上。

「累死了……訂閱數漲了多少？」

直播結束，杜澤水如往常一樣伸著懶腰，嘴上喊累但臉上的表情很滿足。

「漲了三百多，不錯。阿杜哥可以休息一下，留言什麼的我來就好。」

「不，我出去一趟，妳忙妳的。」杜澤水詭異地笑了笑，「想不到還有基金會這條情報源可以開發，那些人說不定也知道些什麼，如果可以挖到好料，明天還可以再開一次直播。公主，妳前男友還在那裡工作吧？」

詩年發問：「阿杜哥，那個基金會是做什麼的？你剛剛說是課後扶助？」

心恬代為回答，「課後扶助是其中一項，護芽會負責照顧清寒家庭孩子的課後。加上豆泉沒有其他像樣的收容機構，必要時基金會也會成為婦女、受虐孩童的收容場所。」

杜澤水聽起來像是要單槍匹馬的殺到基金會去，作為前員工，心恬認為她至少在立場要勸……

唐助理尖聲吼道：「阿杜哥，到有孩子的地方挖八卦，這種事太缺德了吧？」

出乎意料的，唐助理的反應比心恬更大也更快，杜澤水大笑，「那妳不用去。我和公主去就行了，妳乖乖剪影片就好！」

唐助理氣憤地站起身，但杜澤水已經一溜煙地逃離房間，心恬對著眼睛快噴出怒火的助理丟下一句，「我會負責不讓他太過分的。」接著也匆匆離開。

唐助理的表情令心恬耿耿於懷。實際上，那才是一般人對杜澤水的企圖該做出的反應，然而自己心裡所想的，就只有「不要讓老東家難堪」這種無聊的念頭。

基金會的小孩子們……她已經一點印象也沒有了。根據前男友所說，她一定見過孫姓青年，她應該對那些孩子投入一絲同情嗎？她應該要向唐助理一樣生氣嗎？她甚至應該要像崔文烏一樣，不是為了自己，而是為了他人而行動嗎？

彷彿要拋下腦中的雜念，心恬小跑步前往停車場，剛剛杜澤水離開房間時不忘帶上車鑰匙，應該也是開車去基金會。

心恬在停車場，和最想像不到的人相撞。

「崔……」

崔文烏冷酷地吐出一句話：「是妳啊，如果是妳給的情報我不意外。」

你怎麼會在這裡？

還來不及問出口，崔文烏先提問：「那傢伙在這裡吧？那個……姓杜的。」

心恬正想回話，但回應之前，杜澤水已經把車開到停車場出入口，就停在心恬眼前。心恬猶豫要不要上車時，崔文烏已經打開駕駛座的門。

「反對……反對暴力！」杜澤水裝做哭喪著臉的樣子，然而崔文烏卻毫不領情，一把揪住杜澤水的衣領，將他拖出車內。

瘦高的崔文烏力氣意外地大，他微微抬起杜澤水，讓惡質直播主只能用腳尖撐著地面。

原本崔文烏要狠狠賞杜澤水拳頭，但他卻動也不動，等到杜澤水恢復冷靜，看到崔文烏的臉時，表情從準備挨拳的極度緊繃，瞬間笑開了懷。

「好久不見了，少年。」

「好久不見，垃圾。」崔文烏冷冷地說：「離基金會遠一點。」

崔文烏語畢，鬆開杜澤水衣領的同時，用力地將他推回車上，杜澤水撞上車門框，痛嗚一聲。

恢復說話能力後，心恬發問：「你……你怎麼找到這裡的？」

「我看了直播。」崔文烏輕描淡寫地說：「直播的畫面照到旅館的標誌。」

「很不錯的表演吧？」杜澤水將車子熄火，滿意地笑著：「基金會的部分是臨時收到的爆料，順便加上去的效果還是蠻好的。」

「你拍的垃圾我沒有興趣。是你們採訪過的高輔導長要我看的。」崔文烏嘴上不饒人，「當然，他也不想看，是因為你們強迫他訂閱、他收到程式通知後，一不小心看到的，因為談到基金會，就再通知我。僅此而已。」

崔文烏語氣冰冷，心恬想起分手那天，他也是這樣。

「我再重複一次，不要提基金會、不要前往那裡並且在下一次直播，徹底修正你的敘述。」

「沒什麼說服力呢。」杜澤水嘻嘻笑著：「我有什麼必要這麼做？」

崔文烏的臉因憤怒而扭曲。

「你打算揍我嗎？」

「我有交涉的素材。」崔文烏幾乎是咬牙切齒地說：「保證讓你滿意。」

「有話待會兒再說，你們不要擋在出入口！」心恬無奈地喊，這兩人似乎到這時才注意到停車場出入口已經擠了三、四輛要離開的車子。

在崔文烏的提議下，三人回到旅館的餐廳，坐回拍攝用的小圓桌，杜澤水高興得像個孩子，崔文烏滿臉怒容，心恬相信自己一臉憂愁。

見到他們回餐廳，經理在請服務生替他們各端來一杯咖啡，但三人沒人動手。

「說吧，你的交涉材料是什麼？」杜澤水一坐下就迫不及待地問，崔文烏拖泥帶水地說：「告發孫嫌的影片。」

心恬驚訝地問：「你有？」

杜澤水大吼，「成交！」

「因為差不多等於是偷來的，所以請你要徹底保密來源。」崔文烏拿出隨身碟，「你自己看吧。」

由於手邊沒電腦，杜澤水衝回房間，留下尷尬的心恬和崔文烏。

「基金會的事……」雖然想解釋，但心恬不知道要從哪裡開始，只好直接為自己辯護，「不是我提供的。如果我提前知道，是會試著阻止的。放那種傢伙進基金會，就連我也不會做。」

「是嗎？」崔文烏抬起一邊的眉毛，「不過剛剛那傢伙也說了，是臨時收到的爆料。」

「你相信我嗎？」

「不知道，不過我想不到妳騙我的理由。」

沉吟了一會兒，心恬說出了自己的看法，「良心建議，你離那傢伙遠一點比較好。」

「妳在擔心我？」崔文烏驚訝的表情讓心恬有些後悔，但既然開口了，偶爾一次當個好人也不錯，心恬又說：「你好像很討厭他，但我敢說，他對你很期待。」

「是嗎？我上次和他見面是十多年前了。」

那不就是高中生的時候？

懷著更多的疑惑，心恬繼續說明，「和你交往的時候，他就打聽過你的消息，知道你在基金會工作。所以，我甚至猜測，他特意在直播說出基金會，就是在引誘你也說不定。」

「我不一定會去看他的直播，他也不能保證說這些話可以釣到我。」

「你有沒有看到直播，或是對那一番話有什麼反應都不重要。」心恬搖搖頭，「他會直接到基金會找你，當面壓迫你。」

心恬下了個結論，「我不知道你們過去發生了什麼事，但他對你有所期待，覺得你或許可以替這起案件再添點柴火。我不想說得這麼白，不過你應該提防他。」

崔文烏低頭沉思，最後終於緩緩開口，「我知道了。」

難得見到他這麼坦率，心恬有些不適應，崔文烏的下一句話，則讓她嚇了一跳。

「該怎麼說呢……一直以來都謝謝妳。」

「謝我什麼？」

「當初那些孩子的資料，是妳鼓勵我做的，不是嗎？雖然妳的動機或許是要找人完成妳的報導，但就結果而言，那些資料幫了基金會很多，也幫了我很多。」崔文烏用心恬沒聽過的成熟語氣說：「這些話我很早就想說了，但分手的時候太不愉快，錯過了時機。」

「說到底，我也知道妳對社工的工作很不滿意，覺得沒有挑戰性又毫無成就感，所以才會答應前公司的邀約，拿孩子們的資料寫報導。」崔文烏落寞地笑了笑，「說到底，或許我當下太衝動了。」

如果是一般的女孩子，聽到前男友這樣直率的認錯，同時同理分手當下女方的心境，大概已經泣不成聲了吧。可是，心恬自認不是一般的女孩子，崔文烏不可能用這種話來哄自己。

心恬直接了當地問：「你還要我幫什麼忙？直接說吧？」

見到心恬的態度，崔文烏也不再掩飾，語氣回到平時的那般平淡，「某些 Line 群組上，有貼出孫趙的照片，是用來攻擊執政黨的。就麻煩妳和貴黨溝通，盡量制止這些照片的流通了。」

說著，崔文烏遞出手機，上面就是以孫趙為主題的貼圖。心恬望了一眼，「我好像稍微懂你的目的了。」

「妳願意幫忙嗎？」

「可以是可以。」心恬想到了急於知道真相的父親，「但你至少要和一個人說明這起事件，你的觀察和推論，如果那個人滿意，他應該也可以更有效率的解決這些貼圖的問題。」

彷彿精準拿捏時間點，確認完影片，容光煥發的杜澤水在這時回到餐廳，崔文烏盯著情緒高昂的中年男子，同時回答心恬，「我會的，妳也不要忘記自己的承諾。」

在那一瞬間，心恬感受到好久沒有的平靜與和解，雖然她不是一般的女孩子，但崔文烏如果現在……

然而她對崔文烏好不容易又冒出來的好感，卻因為他對杜澤水說的一句話，如同泡影般破滅，並且氣得差點要打翻手上的咖啡。

「等到我和議員報告完後，一起拍片吧？」

父親的表情非常驚訝，他大概更沒有想到會和女兒、女兒的前男友一起關在服務處的會議室裡，討論著關於豆泉滅門案的案情。

原先照他的預想，這件案子會由阿杜和心恬共同調查，並且交出一部分的成果，而他會根據那一部分的成果，聯合副局長採取行動。

當然，他大可等待副局長的調查結果，然而進度卻嚴重落後，父親不得不委託阿杜協助。阿杜的調查結果，如果是跟地方幫派有關，他就出動遊說幫主交出兇手；如果是軍方管理不善有關，他就出馬施壓要求改善；如果警方辦事不力，他就出現在新聞大力抨擊豆泉分局局長，以上，會再配合黨部的文宣，大大擴展他的影響力，衝擊選情。

可是從崔文烏的推論來看，真相似乎與最先被逮捕的孫嫌無關，而副局長作為議員忠實支持者，父親必須支持副局長的路線才行——也就是支持調查軍中、打擊局長與檢察官一派的調查分針，同時攻擊市政府團隊。

採信「孫嫌無辜」的論述，等於要割捨副局長一派，甚至可以說是背棄，一般來說，父親辦不到這種事。然而，父親卻無法直接了當的拒絕，他也被崔文烏的推論吸引住了。

「如果可以找出另一名，比孫嫌更接近真正犯人的人，使得調查不得不轉向，那我就答應你，用自己的影響力改變我能影響的一切。」

「你說的是黨內的網路宣傳部隊、警局裡的派系、議員直屬的競選團隊和你的忠實選民是吧？」崔文烏彷彿一開始就在等這句話，「不要忘記自己的承諾。」

第十三章

與崔文烏分別前，祈庭要求他說出關於案件的所有推論，而對方竟然爽快地答應，這點依然令她意外。三點左右，她坐回白鷺咖啡廳，整理了崔文烏的一連串推論，寫成了一篇長文。

她很清楚這些既不能成為報導，若要提供給警方，當作辦案的材料也很牽強，這名前社工雖然指出了諸多疑點並提供解釋，卻沒有證據、沒有資格也沒有聲量，自己也沒有。雖然公司有龐大的社群粉絲和品牌價值，也不可能提供任何協助。

將文章轉寄給總編，毫無疑問得到了嚴厲的批評，被指責是小說家，對記者的工作毫無尊重，祈庭受不了，憤怒地掛斷總編的來電。

為什麼憤怒，她自己也不明白。

雖然提不起幹勁，祈庭還是將高頌華輔導長的採訪內容整理成一篇毫無亮點的報導，很驚訝總編對這篇報導算是讚譽有加，也許是因為能夠讓觀眾認識真實的孫嫌？或者是因為確實採訪到了軍方人員？根據祈庭所知，軍方與媒體、警方的關係很緊張，能訪到暫時沒被下封口令的輔導長，說不定代表運氣不錯。

處理完稿件，祈庭已經對這個案子意興闌珊，憑自己的能耐，再怎麼挖掘也無法超越崔文烏的成果。她在下午四點左右回到家，一倒上床就呼呼大睡，在天色完全暗下來的時候，她猛然驚醒，原因是肚子十分飢餓。為了確認時間，她手伸往床頭櫃摸索充電中的手機，不看還好，一看就睡意全無，她立刻跳下床，從收納袋抽出操勞一天的筆電。

「幫我調查這些公司」，崔文烏僅傳來這幾個字，便令祈庭燃起了鬥志。雖然兩人已經不是合作關係，但祈庭一來也沒事，二來也想看看這人還能變出什麼花樣。

崔文烏列了三家公司，誠億建設、威營建設和銀品室內設計行。這幾間都是豆泉在地的公司行號，用不著特地搜尋，祈庭就猜到這三家公司，或許和許家室內設計有生意上的往來。為什麼崔文烏可以鎖定這三家公司？祈庭猜測是透過各種政府標案的回推，畢竟政府資訊最為透明公開，她也經常使用這種做法，梳理名人的政商關係。

簡單調查之後，可以發現誠億建設、威營建設都和許家室內設計有過合作關係，銀品室內設計行則偏向競爭關係。特別值得一提的，應該是威營建設的負責人趙則祥，曾經因為教唆傷害罪遭到起訴，不過最後與被害者達成和解，而且已經是多年前的事了。

而誠億建設則有時常有員工過勞、積欠薪資的案件登記在勞動部查詢系統，至於最後一間銀品室內設計行，則是商譽良好，與許家不同，是走相當貴氣的路線，在豆泉的風評極佳。

回傳這些公司的簡介後，崔文烏下一個指示是「積極調查誠億建設」和「調查這些人名」。又出現五個人名，真不知道他是從哪裡找出這些人的？一查，發現都是年約二十歲的年輕人，祈庭一頭霧水，只知道他們全是豆泉出身，再一查又發現，名單其中一位「陳新才」，現在就正在誠億建設任職，或者至少有關某種關聯——他出現在該公司的尾牙名單中。這個人和案情有關嗎？

如果是警方，絕對不會注意到這名員工，他任職的誠億建設雖然與許家室內設計有關，但他本人看不出來和許家有任何關係。這就像是跳過了許多過程所導出來的結論。

將這樣重大的發現用社群訊息回報給崔文烏後，祈庭還沒來得及細想，手機就又響了起來，是沒見過的號碼。

接起電話，另一頭是猶豫、成熟的女性嗓音。

「張記者，您好，我是豆泉分局的小隊長劉惠結。」

「是，小隊長您好。」

祈庭不得不開始回想自己發的新聞稿，確實某幾篇是有些「過火」，但是都已經發了一整天了，為什麼現在才要來關切？

對方似乎醞釀了一會兒，語帶遲疑地問：「有名姓崔的男子，希望我撥打這通電話。」

於是祈庭和劉小隊長全盤托出，包括崔文烏對於至今為止的案情的推論，以及剛剛要求調查的「誠億建設」和五位人名。

提到這間建設時，劉小隊長沒什麼反應，但對那五個人名似乎極度疑惑——這代表一件事，崔文烏再度超前警方的辦案進度。回過神來，祈庭已經到了誠億建設的辦公室前。剛好是下班時間。

「我到底在做什麼？」

就算來到這裡，她的腦袋也是一片空白，既不了解在這裡工作的「陳新才」在案子裡扮演著什麼樣的角色，也不了解來採訪可以訪出個什麼。

祈庭呆站在原地時，一名穿著套裝的女性前來招呼，「請問有什麼事嗎？」

「我要找陳新才。」女性什麼也沒多問，馬上往辦公室裡喊人，沒過多久，一名斯文的年輕男子走了過來，表情是一臉狐疑。

「妳哪位？」

祈庭連忙掏出名片，「陳先生你好，我是新日新媒體的記者。」

聽到「記者」兩個關鍵字，陳新才表情凝重地收下，「記者找我幹嘛？」

雖然從事記者的生涯不算長，但祈庭一看就知道對方並非是對自己反感，從肢體語言來看，遊走的視線、僵硬的動作都說明了一種異樣的緊張。

「我想請教關於早上的案件……」

「為什麼要問我？」陳新才唐突地打斷，「妳以為妳是誰？」

與外表不同，陳新才意外地尖銳，這個提問太過直接反而令祈庭很不客氣地回應，「我是張祈庭，新日新媒體的記者，想就滅門血案……」

「我下班了，再見。」

「等一下……」

陳新才走回辦公室，並消失在一扇門後。祈庭徹底被勾起了興致。她沒有走遠，而是躲進了辦公室附近的某間超商，從玻璃窗戶窺探辦公室的動靜。大約十分鐘以後，陳新才一離開辦公室，她便跳上機車跟蹤他。

最後跟到的地點，是一棟破舊的公寓。將車停在路邊，祈庭小心地靠近大門前。

祈庭經過這棟公寓好幾次，但從沒出入過這棟公寓，而這裡，今天碰巧非常有名——是孫嫌的住處。

這又是另一個巧合嗎？

在路燈的微光照耀下，原本慘白的公寓外壁顯得更加陰森，祈庭用隨身相機拍下公寓外觀，要是可以記錄下陳新才進公寓的身影就更好了。

可是再仔細想想，追著他跑也不是辦法，既沒有採訪的名目，更想不到要寫什麼內容，誠億建設、陳新才、孫嫌和血案這四者的關係，應該只有崔文烏才能串得起來。

直到聽見金屬刮在地上磁磚的聲音，祈庭才終於注意到大事不妙。

一臉兇樣的陳新才不知道從哪裡冒出來，手上拿著長長的金屬物品，由於天色昏暗，看不清楚是球棒還是普通的鐵棍，不過是哪種都不重要了。

祈庭盡量大聲地說：「請你不要過來！再靠進一步，我馬上會報警！」

四周沒有任何人在、路燈照明不足，幸好對方還是有所顧忌，停下了腳步。祈庭不敢放鬆，一邊高舉手機讓陳新才看見，一邊緩慢地後退。

原本以為危機會緩慢地解除，但祈庭低估了自己笨手笨腳的功力，她的右腳愚蠢地拌到自己的左腳，失去平衡，接著無可避免地倒地，手中的手機飛了出去，掉在陳新才的腳邊。

陳新才大腳踢開手機，轉著手上的鐵棍一步步接近。

各種殘酷的畫面在祈庭的腦海掠過，她怕得忘記要尖叫進行最後的掙扎，顫抖的雙手甚至令她沒辦法撐起身子逃跑。

「你們再做什麼？」

令人絕望的跑馬燈在那一霎那停住，遠方拿著手電筒的某人小跑步接近，陳新才啐了句國罵，迅速跑回公寓，在大門前消失了身影。

來不及向奔來幫忙的人道謝，也來不及尋找消失在某處的手機，那人已經先問道：「妳就是張祈庭嗎？我是惠結。」

第十四章

杜澤水這輩子見過很多人，他總是會記得最優秀的。十多年前，他見過的少年為了尋找妹妹，用盡了身為一名高中生能辦得到的任何手段，包括瘋狂 call in 引起電台製作人的注意，以及尾隨跟蹤當時還是主持人的自己，當下他很確定，少年和他是同一類人。

杜澤水記得當時那位少年來自豆泉，並且在很多年後，他的名字出現在自己眼前——這真的只是碰巧，擔任議員的朋友提到女兒的新男友，有個奇特的名字，杜澤水在那個時候，知道他在護芽這家慈善基金會服務。

換過很多工作夥伴、也與很多人在生意上交手過，但在這十多年間，杜澤水再也沒有遇過和少年一樣，與他相似的人。杜澤水曾經想過要高薪聘請長大後的少年，但他也明白，少年與自己唯一的差異，就是一般的威脅利誘無法打動。

不知是偶然還是必然，這次震驚社會的大案「豆泉滅門血案」，碰巧又和這間基金會扯上關係，杜澤水打算順勢去逼出當時那位少年，不過運氣很好，在他去基金會之前，少年就自投羅網了。

不，已經不是少年，而是奔三的青年了。而且驚人的是，文烏老弟並沒有讓他失望，雖然不知道是什麼原因讓他行動起來，但他竟然可以挖到連自己都沒拿到的告發影片，杜澤水確定自己沒有看錯人，更想和文烏老弟一起工作了。

文烏老弟和議員千金離去後，杜澤水已經呆坐在餐廳快半個小時了。不久前，聽見文烏老弟說出「一起拍片吧」的時候，杜澤水還以為聽錯。

「你要和我拍片？確定？」

議員的千金，也就是文烏老弟的前女友翻著白眼，聽見拍攝邀約時雙手因憤怒而顫抖，手上的咖啡還撒了一點出來。她算是杜澤水在豆泉暢行無阻的一個保證而已，就算她不在了也無所謂。倒是文烏老弟更加重要。

按文烏老弟的表情來看，絕對是認真的。杜澤水要花很大的力氣才能控制自己高聲慶祝的衝動，他向崔文烏伸手，「文烏老弟，接下來拜託你了。」

文烏老弟沒有回握，杜澤水識相地縮回手。

議員千金滿臉不悅地站起身，「我要走了，不想和你們繼續耗下去。」

「妳要回服務處嗎？」文烏老弟問，千金臭著臉點頭，「我現在就過去和議員說明。」

這下換杜澤水有點急了，「要去說明什麼？不是說要一起拍片？」

「不用急。」文烏老弟不疾不徐的態度，令杜澤水更加焦躁，「既然要拍，就不會是你那種空談一般的直播，應該更晚再出發。至於我要和議員說明什麼，與拍片無關，也與你無關。」

「你有點子嗎？」

「有，而且你會喜歡的。」文烏老弟厲聲說：「乖乖在旅館等，不要亂跑，我會回來的。這段時間，盡量拿告發影片大作文章吧。」

到底要拍什麼，不管怎麼苦問、哀求，文烏老弟都拒絕透露，只說自己一定會喜歡，也沒有多說什麼，拿走杜澤水的名片後，就和議員千金離開旅館。

＊　＊　＊

在原地等下去也不是辦法，只能回到旅館房間，見到他臉上的表情，助理詩年很是錯愕。

「你的情緒也轉變太大了吧？」方才回房確認告發影片時，也宣布不會去基金會，讓詩年氣消了，比較好溝通，她吃驚地說：「剛才還容光煥發，現在就灰頭土臉。」

「妳忙妳的，我的事不用管。」一面這麼說，杜澤水一面摸著自己的臉，並抱著平板電腦坐到房間角落。

自己的表情會失落嗎？那大概是由於期待過頭，反倒變得有些沮喪了吧，直到文烏老弟再度聯絡的這段時間究竟是長是短也不知道，實在是很不好過。

關於所謂的「告發影片」，杜澤水相當失望。影片的畫質模糊這點姑且不論，畫面本身相當無聊而無趣，一名男性撿起地上疑似是槍械的金屬物，這樣的監視畫面能有各種解釋，說好聽點是能自由發揮剪輯和創作的功力，說難聽點就是毫無衝擊力。

據杜澤水所知，其實也有少數的媒體有收到影片，但沒有人發出任何的新聞，要不是警方確實控制住這些媒體，就是影片實在沒有播放的必要。從這兩點來看，其實也不難理解看到影片的人第一時間的想法——這不正是嫁禍影片？

不過，根據警方接下來的聲明稿和記者會，代表他們在案情還是有一定程度的進展，這部可疑至極的影片既然能令警方逮捕孫姓嫌犯，就代表還是有某種可信度，比方說帶領警方找到關鍵證物之類的，好像聽說是槍枝？符合影片的影射？

那麼警方之所以沒有宣布破案，就是因為還有共犯在逃嗎？還是沒有確實建設出具體的犯案流程？孫嫌閉口不言？

以上的內容已經足夠水過一支影片了，看了看整理出來的文字稿，杜澤水非常的滿意，然而文烏老弟的諷刺卻猶言在耳，令人不快，他是怎麼形容的……空談？

再把影片看一次，確實也是如此，從這部幾十秒的影片延伸出的內容，說什麼都像是在空談。

有素材比這部影片勁爆，又不像是空談嗎？孫嫌的家？不對，類似的影片和報導已經很多了，文烏老弟不可能不知道。

想著想著，杜澤水一不小心就睡著了，等到眼睛張開後，外面天空已經半黑，看了一下平板，大概是七點多。

意識到自己浪費了大量時間，而且有可能因為睡過頭漏接文烏老弟的電話，杜澤水急得大喊，「濕黏黏，為什麼不叫醒我？」

詩年很不耐煩地回嘴，「我叫過了，你都聽不見，那我有什麼辦法？」

「有人打給我嗎？」

「沒有。倒是陸續都有收到一些無聊的爆料。」

杜澤水登入信箱檢查這些爆料，果然一點價值都沒有，幾乎都是來鬧的假情報。然而，詩年的話不知為何，一直在耳邊迴響。

聽不見。聽不見……

這個詞勾起了靈感，搭配逐漸昏暗的天色，杜澤水覺得自己猜到文烏老弟的拍攝素材了，他跳起來，振奮地握拳，「有意思，不愧是文烏老弟！」

詩年看到老闆跳起來歡呼，沒什麼特別的反應，還一臉見怪不怪的樣子，真是不可愛。

在旅館餐廳用完餐後，杜澤水終於接到了文烏老弟的電話，過了八點，文烏老弟騎著機車，兩人在旅館前會合。

「我已經猜出來你要拍什麼了。」看到杜澤水已經換成一身黑，同樣穿著深色衣物的文烏老弟，表情倒是沒有太大的變化，他說：「那就好。我有準備兩支手電筒。」

「我用手機就行。」杜澤水拍了拍側肩包，「攝影機也準備好了。」

「你打算自己拍？助理不一起來嗎？」

「不，她還忙得很。」杜澤水一邊說著，一邊自行跨上機車，厚臉皮地問，「有多一頂安全帽嗎？」

又十分鐘後，兩人就到目的地，而且的確就是杜澤水所想的地點。

四周的燈光明亮，唯有許家宅邸一片黑暗。許家一旁的大馬路前溪路，車流和人流已經完全比不上白天，附近幾乎是空無一人。

大馬路旁的左右兩排房子後方都有交錯的小巷，住家間都是相當緊密的，還是有被住戶目擊的風險。事先換成深色衣物是對的。

「我還是第一次闖犯罪現場。」杜澤水笑著對文烏老弟子表示，「你真的是太瘋狂了。」兩人站在路邊望著漆黑的大宅，這裡沒有警方留守，但不排除會加強這附近的巡邏。

詩年碰巧提到的「聽不見」關鍵字，讓杜澤水想起這間房子，從報導來看，鄰居們沒能夠聽見槍聲，在他來看簡直太扯了，怎麼可能沒有聽見？

和文烏老弟會合前，杜澤水想了很多，特別是關於他的動機。為什麼要和杜澤水等人接觸，又為什麼要擅闖現場？文烏老弟是「護芽基金會」的社工，服務超過八年，絕對有和孫嫌接觸過，也就是說，文烏是想要找到真相，還孫嫌清白嗎？

想證明孫嫌的清白，所以要前往現場收集證據，而想收集證據、在現場搜查，和同樣不擇手段的杜澤水合作，會是一個好選擇——就算要一起拍攝影片也無所謂，不如說這樣正好，有影片紀錄更可以供日後檢驗。

＊　＊　＊

「文烏老弟，你打算什麼時候進去？」

「從我收到的消息來看，每次整點一到都會有人來巡邏，而且我也想挑接近作案時間的時間點，我們九點以後再行動。」

「消息?你有門路？」

文烏老弟完全不打算回應杜澤水的提問。他們和許家保持好適當的距離，靠著牆邊，可以隨時確認有沒有員警靠近。

為了撐過這段無聊的時光，杜澤水隨口閒聊，「這讓我想到十多年前，我們也是這個樣子閒聊，你還記得嗎？那個時候你想找妹妹，求我讓你上節目發乎尋人啟事。」原本以為文烏老弟會無視，想不到他卻回應了。

「一字一句都忘不了。」文烏老弟毫無情感地說：「能對一名少年說那些話，說是好人也不對，說是壞人也不對，但至少有參考價值。」

「你真的還記得？」

「你說世上分兩種人，我是後者，能付出一切達到目標的人。」

杜澤水吹了聲口哨，「不錯，還記得。」

「或許光憑那幾句話，我就應該感謝你，不過，你還是我看不起的人，這點無庸置疑。」

假裝沒聽見文烏老弟的批評，杜澤水用稀鬆平常的語氣問：「那麼，你付出了什麼代價？今天又有什麼大冒險?」

意外的是，文烏老弟依然老實的回答：「我一早先是丟了飯碗，接著去醫院堵警察、威脅記者和前女友、最後差點一拳扁在你身上，現在則是要闖入滅門血案的血腥現場，大概是如此。」

杜澤水聽見這番話，興奮到鼻血快噴出來，「可以再詳細說說嗎？」

「沒什麼好說的。」挑起杜澤水的胃口後，文烏老弟卻不再說任何一句話，百般無聊地滑著手機。九點一到，兩名刑警在大宅附近晃了晃又離開，他們便開始行動。

文烏老弟和杜澤水溜進許家的路線，大概就是推測犯人入侵許宅的路線。根據警方新聞稿的資料和現場來看，大概就是從許家後方的死巷翻進許家的後窗，打昏倒楣的學徒後，上樓殺害許家。

兩人從防火巷繞到許家後方，後方的窗戶依然和早上拍攝時一樣，鎖的旁邊就有個大洞，洞的切口很整齊，八成是用某種道具切開的。文烏老弟戴著手套打開鎖，推開窗戶後，與杜澤水依序翻進許家。

文烏老弟的準備很周全，手套是必備之外，鞋子也套上塑膠袋，備好毛帽和素色口罩，把臉都遮得很好，在這個大熱天想必很難受吧。

簡略的分工如下：文烏老弟負責照明、杜澤水拍攝。

潛入許家的過程很順利，即使發生殺人事件，死巷這一段沒有太多人，當然也沒有任何人注意到隱身在夜色的兩人。許家大宅周邊真的很暗，杜澤水和文烏老弟都非常小心地走著，避免破壞現場或是留下足跡。

後窗連接到一樓的後半部，這裡被當成儲存空間，牆壁鑲嵌的櫃子塞著各種室內裝潢的材料，有各色木板、幾種燈具、多本型錄，地板還擺著各式雜物，不過由於空間很寬敞也收拾整齊，物品雖多但不影響動線。

手電筒的光源令這些雜物顯得陰森，杜澤水意外地感受到一絲緊張，但文烏老弟似乎完全不在乎，從儲藏空間往一樓前半部走，經過樓梯，用手電筒的光源仔細照射。一樓前半部是室內設計行的店面，相比樸素的儲藏空間，這裡做為店面就豪華許多，有大理石地板、華麗的燈具、幾甕高貴的壺、幾株蘭花……等等，唯有緊閉的素色鐵捲門看起來有些格格不入。

「那位倖存的學徒或許被綁在這附近。」文烏老弟手電筒的光源首先聚焦在一個角落，接著在地面遊走，最後停在鐵捲門的開關——一個紅色按鈕上，「掙扎地站起身後，用肩頭去頂按鈕。或許是這樣。」

杜澤水無法抑制臉上的笑意，文烏老弟的敘述合情合理又充滿畫面感，難怪敢嗆聲自己的直播，這一段畫面確實有料得多。

文烏老弟在店面稍微逗留一下子，東看看西看看，杜澤水也到處拍照，而手上的攝影機也持續拍著文烏老弟的鬼祟樣子，翻窗、行走、檢查每個角落的身影都詳細紀錄。

覺得畫面足夠之後，杜澤水暫時關閉攝影機問文烏老弟：「你好像完全不緊張呢，你敢保證警方不會突然改變主意，整點以外就來巡邏嗎？要是進警局，你的努力也許通通白費了。」

文烏老弟沒有正面回應，反問：「你才是，為什麼不要求助理放下工作來支援？有人把風可以降低被抓的機率，我想在這種關鍵時刻，你應該很不想在局裡待整個晚上吧？」

「這你不用操心。」

事實上，詩年確實有在附近把風。杜澤水和她約定好，一旦有風吹草動，就會立刻通知，然後開車來接人。如果文烏老弟無法順利騎車逃跑，搭詩年的便車，就能賣個人情給他，不過，就算能自己離開許家，杜澤水也準備了另一個陷阱，文烏老弟終究要欠下人情的。

文烏老弟大概是看夠了，逕自往樓梯走，他自言自語道：「接下來……」

接下來才是重頭戲。

沿著樓梯往上走，樓梯上還留有深色的血跡，不確定是不是錯覺，但似乎在手電筒燈光的照耀下，閃著黑色光芒。

避著血跡，到二樓往後半部走，來到飯廳——毫無疑問是許家一家的陳屍地地點，三張染血的椅子圍著餐桌，畫面極度驚悚。其中一張椅背有繩子摩擦的痕跡……死者死前大概都有試著掙扎過吧。

地面上到處都有標記，有些證物被拿走了，但依然有便條、帳單、杯具等雜物到處散落，櫃子的抽屜也沒有關上。杜澤水在室內繞來繞去，還發現牆上的掛鐘已經停了，還有個明顯的彈孔。

目前的畫面大大成功，回去馬上剪輯、開不留檔直播，配上自己的推理，絕對可以讓這段直播成為傳奇。

現場的所有細節都符合人們的想像，而且暗一點更顯得陰森，還留有血跡實在具有衝擊性。最重要的是——沒有拍到杜澤水。這部影片一定會有法律問題，但只要他不出現在影片之中，就可以輕易地把責任推到文烏老弟身上，要詩年把車停遠一點，除了防止文烏老弟察覺，也避免車子被認出來。就算文烏老弟想上法庭將責任推回來，對經常遇上這種官司的杜澤水來說，根本是小事一件，而且粉絲一定也會站在他這邊。

只要幫忙解決官司問題，就能夠確實賣給文烏老弟人情，下次一定還有機會一起拍攝。

「這裡。」文烏老弟突然說話，指著地上的雜物開始推論。

「不少雜物覆蓋在血跡上面，換句話說，先死人才翻箱倒櫃。」

「假設要找東西，很明顯問人比較快，這種時候有兩種可能：一，死者死都不願意告知東西放在哪裡，或是不記得了；二，亂翻雜物並不是為了找東西，而是為了誤導警方。」

文烏老弟繼續解釋，「那麼，為何要殺害許家？根據報導和種種線索，歹徒一行人可能是為了搶劫或是尋仇。假設是要搶劫，殺人可能是為了要湮滅人證避免被捕，假設是尋仇，那就是代表他們的恨意非常深刻。搶劫對應到假設一、尋仇則是對應到假設二。」

「然而，放過樓下的員工這點則是提供了另一種可能。」

「殺害許家卻不殺害員工，代表他們可能並不想滅證，或是滅證只做到一半，無論是哪一種，對比慘烈毫無人性的案發現場，透露出一種訊息，那就是這個犯罪集團缺乏一致性，並且在某個環節出現差錯，讓團隊分裂。這個差錯極有可能是『意外』殺害許家。」

杜澤水完全被挑起了興致，攝影機對準文烏老弟，不想放過他說得任何一句話。

直播的時候，可能會把文烏老弟包裝成現場特派員吧。

「升級到『殺人事件』前，許老闆似乎沒有收到顯而易見的警告，可能有，但員工不知情，或警方沒找到，尤其是在過濾嫌犯時，至今還是只有逮捕孫趙一人，怎麼想都很奇怪。對歹徒來說，無論是尋仇或是搶劫，殺人甚至滅門都是不必要的行為，不只是升高社會的關注、警方會加強追查，最糟糕的部分則是可能無法達到真正的目的。」

文烏老弟預測，對許家開槍的人，肯定嗜血、好大喜功或是希望有人注意到這起案件。

「那邊的掛鐘，你看一下。」杜澤水湊近觀察剛剛發現的彈孔。

「鐘面上的彈孔就彷彿在做某種不必要的虛張聲勢，我想，可能是兇手先開了一槍恐嚇許家人，發現他們不願意屈服時，才惱羞成怒殺人，而他的手段過於慘忍、快速，身邊的人根本來不及阻止。結論是，這個在逃的犯人，和低調的孫趙差異巨大，而且因為自身的性格，早晚會露出馬腳，所以我希望警方不用太浪費時間，我猜他們會集中調查死者身邊的人際關係。」

杜澤水原本不打算發出聲音，但無奈他實在太好奇了，於是關掉收音問道：「你是怎麼知道警方調查方針的？我也認為他們可能會集中調查有利害關係的同行或是親戚，但只是一種直覺。」

「關鍵還是在孫趙。警方逮捕孫趙後，一開始不是不太願意大動作發布消息嗎？」

「對，我有印象，原先的記者會低調，後續的記者會也是，但第二次記者會後有發布『案情出現曙光』的新聞稿。」

「假設警方認為孫趙真的是兇手，肯定就會宣布有『重大進展』或已經破案，假設認為是共犯，根本不需要介意打草驚蛇，取得有用的證詞後，出馬逮人兇手插翅也難逃。低調發布新聞稿的原因有很多種，從目前警方的動向來看，多線、亂槍打鳥的調查更像是他們的策略。」

聽完這一番推理，杜澤水垂下了鏡頭，文烏老弟見狀，問道：「拍完了嗎？」

「喔對。」彷彿驚醒一般，杜澤水收起攝影機，「還有要觀察的嗎？沒有的話我們是時候離開了。」

寂靜。

文烏老弟沒有說話，不詳的預感在杜澤水心中發酵，他從口袋裡掏出一隻小型的響砲「碰！」地一聲引爆。

杜澤水頓時因過於驚訝，在原地動彈不得，直到他注意到口袋裡的手機震動個沒完時，已經太遲了。杜澤水錯過了詩年的警告。

某人突然走上樓，身經百戰的杜澤水幾乎要叫了出來，文烏卻沒有明顯的反應。打開燈，是個高大的男人，一身警察制服並配著槍，杜澤水想逃但樓梯間被擋住了。

「又見面了。」員警說，文烏老弟點點頭，戲謔地說：「警察先生，我注意到這人擅闖犯罪現場，因此進到宅裡想試著以現行犯逮捕他。」

「剛剛的小型響炮是你引爆的嗎？」高個員警問，文烏老弟回答：「沒錯，外面聽得清楚嗎？」

「聲音很小，看來這棟房子的隔音不錯。案發當晚如果許家關好門窗，外頭或許真的不會注意到槍聲。」

呆呆地望著員警和文烏老弟一搭一唱，杜澤水到了這時才發現自己被設局了。文烏答應協助拍片，甚至冒險回到犯罪現場，都是要和這名員警合作。

「你是杜澤水對嗎？關於你開直播發布不實的猜測和謠言，並且擅自闖入犯罪現場一事，請跟我們走一趟。」

杜澤水完全不打算反抗，跟著文烏老弟和警察下了樓。

不甘上當的杜澤水問：「這就是你的目的？你們合作起來坑我？」

文烏老弟和員警停下腳步，員警搖搖頭，「沒有合作，他只不過是向局裡報案，說晚上會有人闖進犯罪現場搞破壞，他會幫我拖住時間，希望我們來把人趕走。」

什麼時候報案的？杜澤水猜想，應該是在等巡邏員警離開時。

「這種理由誰相信？」

沒有人回應。

「我會怎樣？」

「罪責應該算輕，尚未破壞現場，頂多是擅闖民宅。會請你到警局坐一下。」

「不行，我需要出片。」杜澤水說：「分秒必爭。」

員警似乎有點傻眼，「這時候還想著要出片？」

他不懂是正常的，杜澤水也不覺得他能懂。流量、點閱都是錢，而速度就是真理。杜澤水要錢、愛錢，也想要服務在等待他的所有粉絲們，他必須、一定要盡快將剛剛從文烏老弟口中聽見的一切整理成直播稿，將這段推理獻給粉絲們。

這時，文烏老弟開口了，「警官，可以放他走嗎？」

員警瞪大雙眼。

「只要他能交出現場的影片和照片，不會有人知道他闖進來的。而我們需要他影響輿論的能力。」

想不到是文烏老弟親自幫他說話，雖然被他擺了一道，但杜澤水需要盡快脫身，所以主動抽出攝影機的記憶卡交給員警，員警收起了那張卡，似乎是默認文烏老弟的提議了。

「我的推理歡迎你使用，請你注意點寫稿，不要忘了幫基金會還有警方說話。」文烏老弟叮嚀：「你只能使用告發影片來剪輯，而且不能提到來源。」

「……好吧。」

回到一樓的店面，杜澤水才注意到鐵捲門已經大大的敞開，外頭是台停好的警車，另一名資深女警也在鐵捲門前等待，她用一種感興趣且懷念的眼神打量著文烏老弟。

女警說：「這樣你滿意嗎？崔文烏。」

「警官，槍怎麼來的？那個爆料影片是怎麼回事？真兇又為何會選擇嫁禍給孫嫌？關於這些事，我有一些想法。」

杜澤水側耳傾聽，但被女警發現了。

「晚點你再向我們說，這是誰？」

高個員警接話，「學姊，他是不小心跑進現場的記者，他專門替警方寫好話。」

女警重複：「不小心的嗎？」

員警回答：「沒錯。」

「很常寫好話？」

「正是如此，這是他協助拍攝的影片。」員警拿著杜澤水的記憶卡晃了晃，女警轉過身，「沒辦法了，只能希望他再幫我們多寫點好話了。」

他們離開許家宅邸，鐵捲門關上後，彷彿什麼事也沒發生。文烏老弟跟著他們上了警車，上車前，朝杜澤水點了點頭。杜澤水呆呆地站在原地，車門關上前，文烏老弟說：「奉勸你，最好遵守承諾。」

強烈的敗北感充斥全身，他認為自己完全被看扁了。這真是全新的感受。

警車開走後，詩年慌張的從對街走過來，杜澤水試著在腦中整理案情的時候，發現自己再也不認為孫趙是犯人之一了。

第十五章

惠結在與記者通話，得知了與誠億建設、孫嫌有關的關鍵人物陳新才後，馬上前往誠億建設，不過似乎晚了一步，目標人物陳新才已經回家，於是向公司員工打聽陳新才的住址，並發現和孫嫌住同一間公寓。兩人趕去公寓的路上，又碰巧救了遇襲的張記者，並將她保護起來。

原本還想考慮要用什麼形式將陳新才帶回局裡，但他已經不在公寓裡了。所以送張記者回家後，打算再向黃檢報告——但也是在這個時候，接到了崔文烏的報案簡訊——惠結很久以前有給過他自己的電話，想不到他還留著——說有人闖進案發現場許家。

「我會想辦法拖住他，你們快來。」

實在是分不清楚是不是在惡作劇。崔文烏沒有掛斷手機，可以聽見另一人的聲音——他們好像打算拍攝影片。

「我不會將告發影片交給任何人，但是，你們要過來幫我。」

來不及下車的張記者，莫名其妙被載到了許家，在那裡等著的是崔文烏與一名知名影音創作者，強印大概摸清楚了崔文烏的伎倆，雖然沒有答應崔文烏要幫忙，他們還是一起演出了無聊的戲碼，沒收影音創作者的影片檔後，就把他放走了。

崔文烏用自由當籌碼，脅迫要對方幫忙警方和基金會說點好話，那時的孩子現在會做出這種無聊而極端的事，惠結毫不意外。

又過了半小時，黃檢、惠結、強印、記者張祈庭和前社工崔文烏聚集到了一家全天候營業的速食店，這裡沒有其他人打擾，他們能盡情在這討論「豆泉滅門血案」的細節。當然，在這種地方討論案情非常不恰當，但是不可能帶外人回警局，甚至是使用會議室，所以這裡就是最佳解答。

＊　＊　＊

崔文烏第一句話就深入核心，「我直接了當的說了，你們會是冤案的推手。」

五人坐在一桌圓桌，黃檢滿臉不悅、強印似乎相當不自在、張記者垂頭喪氣，崔文烏戴著口罩，但惠結依然可以看到他輕蔑的表情。

「你生氣了?就因為我說你是冤案的推手?你們冤枉了我以前的學生孫趙。」崔文烏，是豆泉的地方課輔基金會「護芽基金會」的前社工，據說他早上辭職了，黃檢應該還沒有弄懂這是什麼情況。

崔文烏掌握到案件的核心，而且在案件發生的初期，光看報紙就知道孫趙是無辜的，黃檢忙了一整天，好不容易有時間坐下來吃宵夜，卻還是願意答應他熟識許久的惠結的請求，見這兩名外人一面。

崔文烏語氣冰冷，「他現在還在局裡，而你們發了篇意義不明的新聞稿，讓媒體查出他的身分，網友查出他的名字、地址，進而公布他的人生的一切，你知道透過媒體渲染後，會有多少人打電話到基金會嗎？」

黃檢用手帕擦了擦臉上的汗，「我必須在這部分致歉。其實我們也並非把他當成兇手，只是有很多疑點需要孫姓青年澄清，然而，他卻因確診高燒不起，不得不將他暫時留住。」

黃檢願意示弱，崔文烏好像有點驚訝。黃檢大概覺得自己有些理虧，因為他也覺得孫趙有可能被冤枉，但卻沒有積極行動，這點惠結等人也是。

「在我的視角裡，他是重要關係人，不是嫌犯，但是似乎被惡意曲解成重大嫌疑人了，我可以理解他身邊的人會受到傷害，也包括基金會。」

「……你能想點辦法嗎？」

「或許可以。」黃檢嘆了口氣，「不過在那之前，你可以和我說說看，為何你一開始就知道他是被冤枉的嗎？我希望你可以提出明確的解釋，我現在很需要他人的意見。」

「因為開槍。」

「開槍？」

「開槍不是件好事。槍是很強力的武器，但並非只有傷人的用途，視情況而定，不開槍也能充分達到效果。案發現場位於住宅區，一旦開槍，就會吸引人，無論你目的是什麼，都有可能會遭受妨礙，所以不該開槍。」

「我同意，那又如何？」

「所以我認為，計畫改變了，他們不是為了殺人才來的。」

「說到底，為什麼你不覺得他們想殺人？」

「報導有提到死者們被綁在椅子上，但是卻沒有提到他們身上有刑求的痕跡，而是強調『行刑式』槍殺，這不尋常。大費周章將人綁在一起，想必是要問話，但問話不刑求，只是殺人的話，其實是最沒有效率的。」

「繼續說。」

「我很熟那一帶，當時一看報導，就覺得歹徒應該是從死巷附近潛入，後來我有去問過附近的居民，發現這裡沒有太多監視器，從死巷進入的話，是可以保證不被監視器拍到的。那時我就覺得奇怪，為什麼他們有周全的事前準備和計畫，卻沒有確實執行現場的任務？」

黃檢點點頭，代表到這裡都同意。這時店員送來了餐點，他們互望了一眼，全部拿起食物來大吃特吃。

黃檢邊吃邊嘆氣，「我整天沒吃東西。」

惠結說：「我也沒吃。」

強印尷尬地自嘲，「我有吃，但吐在現場了。」

張記者倒是安靜地享用，崔文烏什麼也沒碰，繼續說：「針對準備和執行的落差，我提出了兩個假設，首先是執行者和策劃者的能力差很多，再來則是遇到了意外，不得不改變計畫。我看不出來有什麼意外，所以我就假定是前者了。」

「不是有顆子彈打在掛鐘上嗎？這也是一個重要的突破點，我剛剛說過，槍是用來恐嚇的道具，這一發子彈，看起來就像是用來恐嚇的——雖然我還是認為擊發這點不夠聰明——但那彈孔使我更加確信，兇手的執行和臨場反應能力嚴重不足，或者另一點，他的脾氣極度火爆，而且非常愛出風頭，明明能力不夠，卻硬要擊發槍枝賣弄。」

「另一方面，將這名不受控、能力差勁的槍手放進集團之中，顯示這群兇手在根本上就有不足之處。」

黃檢整理了這些說詞：「也就是說，你認為兇手是群烏合之眾？」

「是的。他們就是群烏合之眾，在警方群起追捕之下，想必逃不了多遠，尤其是執行槍殺的兇手，我敢說，他甚至不是很想要逃。這是一起大型的案件，他會對幹了大事的自己感到自豪，但是他所幹下的大事卻被一個名不見經傳的小卒搶走了風采，他肯定不會就這樣算了。」

「所以我才會和兩位員警說『不用費力去抓兇手』，因為那些兇手根本沒本事，早晚會露出馬腳，你們只要按部就班地搜查就好，既不需要像孫趙這樣的替死鬼，也不需要急著對媒體展示成果。」

黃檢一邊暢飲可樂一邊讚嘆，「你真的只是前社工嗎？」

「也有社工才能辦到的。」崔文烏邊喝可樂邊說：「大人總是以為孩子很單純，但是試著去理解他們的同時，卻也更容易看見人類的本質。還有，我也必須要面對來自各個艱困環境的家長，他們都很擅長說謊，當家暴或是對孩子不利的時候，我們要學著主動去發現。」

「你還沒有解釋，為什麼你認為孫嫌是冤枉的？」

「有兩個原因，第一，這起案件怎麼看都是集團犯罪，孫趙很難適應團體生活，所以我不覺得他可以和他人合作，再來，剛剛我說的，槍不該擊發的那些話，很久以前也和他提過。我相信他一定記得，『不到最後關頭不要開槍』。那是我到他的家中家訪的事，我都有印象，他一定也印象深刻，畢竟他最喜歡軍武了。我相信他還是那個時候的他。」

這番充滿個人主觀認定的推論，頓時令黃檢等人難以回應，逮到機會，崔文烏立刻反問：「那可以換你們告訴我，為什麼要一直巴著孫趙不放嗎？除了找到兇器以外，你們沒有決定性的證據。不要跟我說是基於那部告發影片。」

黃檢問道：「你看過影片？」

惠結總覺得這句話令記者不安的扭動身子，而崔文烏只是聳聳肩，「跟惡質實況主要到的。」

難以啟齒的黃檢對自己使了個臉色，惠結無奈地回答：「他是我們的副局長逮捕的，因為想要立功，所以不願意放他走。而且事實上，我們也發現了槍枝，經比對，確定是現場使用的那把。」

猶豫半晌，惠結開口補充，「我就老實說吧，孫姓青年吸走了媒體的關注，對我們辦案有好處，這也是為什麼黃檢，副局長要刻意將他留在局裡的原因。」

聽到惠結有些毒辣的告白，黃檢投向譴責的眼神，但惠結不在乎。張記者聽見這件坐直了身體，不過大概是想到不能報導這些內容，又頹喪地啃著手上的漢堡。

不過，這段告白崔文烏似乎也毫不在乎，不管是故作鎮定也好、早就料想到了也好，總之沒有任何反應。惠結難以相信崔文烏就是十多年前的，那個情緒化的少年。倒是不久前，發現張記者也在警車上時，他似乎相當驚訝。

張記者出現在在速食店唯一的理由，就是她曾經接觸過「陳新才」。當然，事先已經要求她不能將速食店的談話寫進報導，這令她相當沮喪。

「那位陳新才又是誰？」黃檢問了惠結最想知道的問題，「照目前的情況來看，他涉案的可能不低，你怎麼發現他的？」

「他也曾是基金會的。」崔文烏解釋，「是個令人頭痛的小孩，和我小時候很像，鬼點子不少，卻僅限在小聰明之處。」

大概只有惠結聽得懂這句話的意思。

「我從頭到尾都不覺得槍枝出現在孫趙家是偶然，所以，我從孫趙的身邊去思考。我想將槍枝放進孫家的那人，至少知道孫趙住哪裡，並且知道他的個性——是名就算受了委屈，也一聲不吭的孩子。當時在基金會，有些成長背景和孫趙類似，卻因種種因素，對他特別嚴苛的孩子。這麼說有點不適當，不過他確實容易被欺負。」

「綜合以上原因，一共有五位被我列了出來，其中，陳新才是唯一真的對孫趙有欺凌行為的孩子，兩人還住同一間公寓，成為頭號懷疑對象。」

強印在此時插嘴，「聽起來，你只是挑了有辦法調查的對象調查，符合條件，熟悉孫嫌的人不一定出身基金會。」

「沒錯。」崔文烏直接承認，「我畢竟只是區區社工，超出能力的範圍的事情我辦不到。篩選出五名對象之後，我再透過公開的標案資料鎖定幾家廠商，試著建立連結。」

張記者接話道：「誠億建設、威營建設和銀品室內設計行。」

「這三家中，最令我懷疑的是負責人有傷害前科的誠億建設。」崔文烏瞄了記者一眼，「她則是查出陳新才在那間公司工作。我推測，陳新才可能是公司的打手，他在昨晚與數名同夥前往許家，雖然不確定他真正的目的，但正如我前述，他失敗了，持槍的某人殺害了許家一家，陳新才則被迫處理槍枝，在百般無奈、恐懼的心態下，他選擇將槍枝扔進孫趙的家。」

他的推論解釋了一件事——那就是為什麼警方可以輕易的在孫嫌凌亂的房間裡找到槍枝，假設槍枝真的是被隨意丟進房裡的，想必相當明顯。

不過漏洞還是有，惠結忍不住問，「你真的相信他會為了嫁禍，把槍丟進小時候欺負的孩子家裡嗎？就算警方沒有查出他和那孫嫌的連結，他可是住在那棟公寓裡呢！」

「我不知道他這麼做真正的打算是什麼，但從結果來看，他還是成功隱藏在大量的關係人之中，也將兇器成功的『處理』掉了。劉警官，妳覺得警方能夠從哪個角度找到陳新才？因為他是誠億的員工？公寓的住戶？還是孫趙的舊識？」

「我明白了。」雖然這麼說，黃檢還是持續質疑，「但我必須說，這些都是相當嚴厲的指控，而你沒有任何證據，還有很多問題要解釋。」

「這對我來說沒有問題，剩下的是你們的工作。」崔文烏依然不慌不忙，「我提供了另一名可疑人物，提供了動機，他本人也和整起案情略有關係，該採取什麼樣的行動，要由妳們決定。如果要我說一句話的話……」

深吸口氣，崔文烏用帶有怒意的語氣說：「盡快放了那孩子。」

先是開車去公車站搭公車，接著搭到火車站換火車。陳新才到了一個很遠的地方——離豆泉很遠的地方。

強烈的虛無感折磨著他，他並沒有辦法去看新聞或是聯絡其他夥伴。逃到哪裡都是人，逃到哪裡都有監視器，雖然一開始的計畫很順利，理論上不會有監視器拍到他們做案的身影，也就是說，他們理應是安全的。

但是有人死了，還是三人。他想要阻止但來不及，現在，陳新才必須要一起背負這三條人命。

為什麼記者找得到他？明明是那麼順利，所有人都將目光放在姓孫的身上，嫁禍到那人身上不是個深思熟慮的決定，但從媒體風向來看，他以為自己可以巧妙地隱藏起來，直到風頭過了，再想辦法逃。

可是，能逃多久？就算自己逃得了一時，逃得了一世嗎？

陳新才知道，他完了。早在順仔從懷裡掏出槍時……不，早在找他加入的同時，一切都完了。現在只能盡可能「止損」……

第十六章

某家新聞媒體推出了專題報導，記者張祈庭根據案件最新進展，以「豆泉滅門血案的犧牲者和冤罪」為題，撰寫了一篇深入詳盡的報導。報導中洗清了孫趙嫌的嫌疑，警方逮捕了背後主謀——某建設公司的負責人，似乎是因為生意糾紛（有傳聞指出，許老闆暗藏一批價值千萬的建材），他要求下屬無論是口頭警告也好、暴力威脅也好，總之給許老闆一個教訓。

下屬偕同找來的三名小混混到達許老闆家後，本來打算俐落的達成任務，不料其中一位卻發起狠，還來不及阻止，就持槍殺光許家。

當他們發現闖了大禍，簡直都要嚇壞了。隨便破壞現場後，將手槍交給該名下屬，四人即刻鳥獸散。警方現在已逮捕前來投案的下屬，他坦承他受上司指使才招集人手進入許家，他只是負責湮滅證據，但事情已經徹底失控，而他並不知道如何是好，只是隨意將手槍扔進孫嫌家中，並發給警方影片，意圖嫁禍給孫嫌。他向警方表示他只是想誤導辦案，而非要孫嫌頂罪。警方會繼續追捕幾位在逃的嫌犯。

這篇報導的最後，措辭嚴厲地教訓所有未審先判的網友，輿論又再度沸騰，除了部分網友發起「向孫嫌道歉運動」以外，大部分的網友則是忙著刪除曾經傳給孫嫌的所有惡毒的訊息。

以下節錄該篇報導的結語（可惜大部分內容因過於主觀而被刪除）：

「……對於民眾來說，外部的案件的真相上是無所謂的……對部分媒體而言也是如此……點閱率至上的媒體文化，塑造出來的是追求煽動性、快速性、流行性語言的追求……筆者雖然追求正確的事實，但也曾不顧後果，為了迎合某種想像出來的口味而下筆，助長網路上的惡言惡語，這點，筆者需要虛心檢討。」

然而，以新日新媒體為首的各家新媒體，平衡報導的數量遠遠比不上先前炒熱血案話題時驚人的數量和頻率。

另外，檢視整起案件，不難發現警方辦案效率之快，網路上出現不少對警方辦案效率的溢美之辭。雖然一開始出現了讓社會大眾混淆的方向，不過很快就在一天之內修正，這點也受到往大網友的好評。

偶爾會有人提到軍方的態度，打從一開始，軍方就拒絕評論整件事，雖然看起來像是要甩鍋或是置之不理，但事後看來，還是將對孫嫌的傷害降到最小，值得肯定。

不過幾位逃犯到是令人擔憂。就算他們如同新聞所說真的是小角色，但也有一人是殺了三人的凶狠罪犯，何時會將他緝捕到案，全台都在引頸期盼。

＊　＊　＊

人氣 Youtuber 杜澤水發布了全新影片，有別於先前態度惡劣，言談間流露怪罪警方、軍方、孫嫌的校方、待過的慈善機構的言語，在本次的影片「火爆公道伯真相系列三十三，豆泉滅門血案你一定要知道的事之解決篇」之中，他井井有條的說明整起案件，梳理案子的來龍去脈，避免情緒性、煽動性的用詞或用語。

「很遺憾，本次的解決篇並不是我一個人的功勞，而且遺憾的是，我辛苦拍攝的影像和照片也丟了，這次的任務只能說是完·全·不·及·格。」

杜澤水從來沒有承認過失敗，他本次的大轉變可說是讓粉絲跌破眼鏡，有人說是「新·阿杜哥」的誕生，但也有人說阿杜哥看起來彷彿經過一起大敗。杜澤水在沉澱許久之後，在下一次會員專屬的直播證實了後者的說法。

「好像有人問我在豆泉到底怎麼了？這是個好問題，我可以告訴你們一些事，但我暫時不能補充細節，至於什麼時候有這個機會，我也不知道。」

據他粗略的說法，當時他自信滿滿地到豆泉辦案，以為可以憑藉自己磨練出來的本事好好大鬧一番，想不到一名自稱前社工，聰明絕頂了男人卻憑空冒了出來。

「我當初瞧不起這個傢伙，滿腦子想的都是要利用他，結果，反而是我被他徹底的利用了，他是天才。」

當杜澤水這麼說的時候，他似乎很高興。「對了，各位，最近濕黏黏小編要離職了，我打算高薪徵新人助理，只要有自信，無論經歷，都歡迎妳／你來應徵！如果是某前社工的話，我願意無條件錄取。」

＊　＊　＊

於豆泉分局秘書處任職的鐘為宗，暫時翹班，在老地方等著朋友，遠遠的看見那個瘦高的身影時，意外地感覺他清爽、陽光了許多，大概不是因為真正的陽光灑落他肩頭的關係。

「阿鐘，這次謝謝你了。」

兩人坐在以前一起打混的廟前廣場，崔文烏遞給為宗一杯飲料，為宗說：「你應該感謝劉小隊長，她發現我們的合作關係，卻沒有點破。」

為宗偷偷送出給文烏不少情報，包括警方何時會去醫院調查、副局長和黃檢個別的搜查方針……等等，他的協助，讓文烏可以確實的與警方接觸，並且影響他們的判斷。

「我已經『回禮』了。」

「回禮？」

「在速食店時，她有私下問我妹妹怎麼了，我很不想回答，但還是告訴她，互不相欠了。」

為宗嘆了口氣，妹妹的事是文烏心理上的陰影，她因為受不了母親的虐待離家，逃到離婚了的父親的住處，並指控哥哥也是幫兇。文烏雖然沒有動手，但長期在外鬼混，無視妹妹的求救信號也是事實。從父親弄清妹妹的心境之後，文烏直到現在都沒再見過妹妹。願意再度說出口，為宗認為這代表文烏也稍微走出當時的陰影了。

「副局長這次可說是大敗。」為宗搖搖頭，「從結論來看，他把所有事都反著做，把所有人都惹毛了，黃檢重新奪回所有的指揮權。」

文烏對這件事毫不關心，搖了搖手上的飲料說：「祝他們順利逮到最後幾個人吧。」

「你前女友那邊怎麼了？」

「沒什麼進展，黨部那邊至少不會繼續攻擊滅門案這件事了。但離年底選舉還有將近五個月……誰知道呢？」

「基金會怎麼樣？」

「不知道，我說過我辭職了吧？」

「孫呢？」

「燒退了之後又回家隔離兩個禮拜，現在已經回去當兵了。」文烏用吸管戳破飲料杯上的塑膠膜，「他的父親有傳照片給我，氣色不錯。」

「他知道你幫了大忙嗎？」

「誰知道？」文烏說得漫不經心，但嘴角卻露出笑容。為宗沒有追問。

尾聲

人稱順仔的凶狠小混混雖然有些對不起自己的兄弟們，但他並不後悔，甚至一回想到那個晚上依然是氣憤難平。

順仔最痛恨被人瞧不起，縱然那對母女都哭哭啼啼，他還開了一槍恐嚇，但許老闆不只毫不退縮，還對他口出惡言。

身邊的同伴一直勸他冷靜，但是順仔辦不到，被小瞧了，怎麼可以無視不還手？他的其中一個同伴忙著問許老闆私藏的大量材料運到哪個倉庫了？但他卻閉口不答。

「你瞧不起我嗎？」

許老闆嘴上說著沒有，眼神卻輕蔑的可怕。為了壯膽，順仔曾在犯案前吃了幾顆安非他命，隨著藥效加強，許老闆輕蔑的態度刺痛他的腦袋。

他覺得自己異常冷靜，但其實，藥效已經徹底剝奪他當下的判斷力了，所以他才會一時失控對著他們連開數槍。事實上，到了現在這個關頭，他還是不明白為何背後金主要他去恐嚇許老闆，但他什麼都不在乎了。

雖然是壞事，但他認為自己幹了了不起的事。搭上火車逃跑時，滿腦子都在想開槍的手感。有點可惜沒能留下那把槍，雇主硬是帶走了，他似乎非常非常地不滿，但是順仔不在乎。開槍的快感真的真的很棒，幹了大事的成就感也非常非常的令人舒暢。

順仔就是一個這麼扭曲的人。

所以在新聞中看到自己的「成就」被某個年輕人搶走的時候，實在是非常憤怒。他在路上奔跑、橫衝直撞，最後和路人大吵一架引來警方，最後被抓進警局。

真心感覺爛透了。進到警局的第一件事，就是承認人是他殺的。對了，那個時候，他在台北西門町，到處都是人，他被抓進局裡前，也大喊人是他殺的。

誰會相信他？

＊　＊　＊

運氣很好，來自台中的黃皓博檢察官似乎信。

他們在拘留室時，順仔不知怎麼，感到非常緊張。

「聽說你殺了三個人。」

順仔笑了。

「你想知道？」

「告訴我。」

「三個人，首先是女兒，她太吵了，先幹掉她。接著是太太，她更吵，所以也幹掉她，先生的話，一定要幹掉他，一定要。」

「為什麼一定要幹掉他？」

「因為他瞧不起我。」

「瞧不起你就要幹掉他？」

「這很重要。」

「向我證明。」

「證明？」

「任何細節都好，向我證明是你做的。」

順仔奮力攪動腦汁，最後，他給了滿分，足以令他被定罪的答案，「時鐘上，有個彈孔。」

謎團小說 Mystery 12

滅門血案的寂寞救贖

作　　者：River
特約編輯：林恕全
總 編 輯：陳思宇
主　　編：杜昀玶
行銷企劃：林冠廷、黃婉華
出版發行：凌宇有限公司
地　　址：103 台北市大同區民生西路 300 號 8 樓
電　　話：02-2556-6226
e m a i l：linkspublishing2021@gmail.com

美術設計：蔡和翰 (c.h.etc)
排　　版：A Hau Liao
印　　刷：造極彩色印刷製版股份有限公司

總 經 銷：前衛出版社＆草根出版有限公司
地　　址：10468 台北市中山區農安街 153 號 4 樓之 3
電　　話：02-2586-5708
傳　　真：02-2586-3758
http://www.avanguard.com.tw

門　　市：謎團製造所
地　　址：103 台北市大同區民生西路 300 號 8 樓
營業時間：每日 11:00-19:00（週日、一店休）
傳　　真：02-2558-8826

出版日期：2025 年 1 月
定　　價：新臺幣 360 元

國家圖書館出版品預行編目資料

滅門血案的寂寞救贖 / River 作 . -- 初版 . -- 臺北市 : 凌宇有限公司 , 2025.01
　面；　公分
ISBN 978-626-7315-17-0(平裝)

863.57　　113012742